素人手記
OLたちの
夜の副業解禁
～みだらなアフター5
竹書房文庫

第一章
みだれるOLたち

本気恋人がいながらH上手な課長との不倫関係に溺れて……12
投稿者 牧田ゆい（仮名）／25歳／事務機器メーカー勤務

小さな会社の応接テーブル上でイキ悶えた枕営業初体験……19
投稿者 由比亜里沙（仮名）／30歳／保険会社勤務

公金横領の弱みを握られ職場で部長に犯された私だけど……25
投稿者 池内真奈美（仮名）／27歳／信用金庫勤務

マッチョなドライバーたちの肉体を味わう甘美なる日々……33
投稿者 中垣内ゆうき（仮名）／24歳／運送会社勤務

三人の男に無残に凌辱されて感じてしまった送別会の夜……38
投稿者 間宮祥子（仮名）／26歳／商社勤務

厨房を淫靡に汚す生クリームまみれセックスの激甘快感……46
投稿者 三浦えりこ（仮名）／28歳／パティシエ

深夜の病院の暗闇で淫らにからみ合う白衣の下の肉体……52
投稿者 吉行瑠香（仮名）／30歳／看護師

デパート催事の出店交渉でシェフに肉体を求められて！……58
投稿者 水沢あい（仮名）／26歳／デパート勤務

第二章

わななくOLたち

カビくさい本の匂いに包まれて…エリート的変態SEX ……… 66
投稿者 八井田真由（仮名）／25歳／県庁勤務

お局OLの硬い心と体を開いてくれた年下カレの激熱H！ ……… 72
投稿者 原本舞子（仮名）／38歳／商社勤務

カラダで有名作家の原稿を取る私の淫らな編集者魂！ ……… 79
投稿者 椎名梨花（仮名）／27歳／出版社勤務

会社オナニーの現場を押さえられた私は部長に無理やり！ ……… 86
投稿者 有田理宇（仮名）／31歳／食品メーカー勤務

彼氏の手ひどい裏切りを忘れさせてくれた快感ナンパ3P ……… 92
投稿者 飯島奈緒子（仮名）／29歳／通信サービス会社勤務

ずっと想い焦がれた上司の胸の中での陶酔の処女喪失体験……99
投稿者 倉川麻美（仮名）／24歳／団体職員

職場の先輩二人から狙われ女同士エッチの洗礼を受けた私……107
投稿者 阿川ゆず（仮名）／19歳／クリーニング会社勤務

生まれて初めての痴漢体験で知ったヒミツの本当の自分……113
投稿者 由良真知子（仮名）／27歳／不動産会社勤務

第三章　とろけるOLたち

白昼のオフィスのデスクの下でフェラ&オナニー三昧! …… 120
投稿者　波川春奈（仮名）／24歳／文具メーカー勤務

義兄に夜這いをかけられ生まれて初めて知った女の悦び …… 126
投稿者　羽田沙也加（仮名）／30歳／銀行員

仲良しインラン女豹二人組の逆ナンパSEX大作戦! …… 133
投稿者　中下まゆら（仮名）／21歳／工場勤務

無人のマンション内に響き渡るレイプ快感スクリーム! …… 140
投稿者　野島里佳子（仮名）／26歳／翻訳家

重役との愛人契約で淫らな女王様へと変貌するアタシ …… 146
投稿者　三好佳奈（仮名）／24歳／製紙メーカー勤務

会社を救うために淫らな人身御供となってしまった私 …… 152
投稿者 柳下ハルミ（仮名）／31歳／広告代理店勤務

まさかの婦人警官コスプレHで禁断のカイカン大爆発！ …… 159
投稿者 猫田理子（仮名）／25歳／専門学校職員

場末のポルノ映画館は集団痴漢のカイカン桃源郷 …… 165
投稿者 緑川あやめ（仮名）／27歳／IT企業勤務

第四章　したたるOLたち

駆け落ちした双子の妹の身代わりとなって肉体を捧げた私……172
投稿者　藤原早季子（仮名）／31歳／飲料メーカー勤務

淫らな体液でプールを汚す秘密のカイカン課外講習……179
投稿者　中屋敷沙織（仮名）／25歳／スイミング・インストラクター

白人上司の超巨大なペニスを易々と呑み込んでしまった私……185
投稿者　天野典子（仮名）／27歳／外資系証券会社勤務

社員旅行で目覚めてしまった女同士の底なしに淫靡な悦び……191
投稿者　沼尻まゆみ（仮名）／23歳／事務機器メーカー勤務

束縛男に拉致監禁され淫らな肉奴隷となった禁断の一週間……198
投稿者　吉野理恵（仮名）／28歳／商社勤務

会社のトイレで逢瀬を愉しむ淫らな貧乏不倫カップル！……205
投稿者 末松美奈代（仮名）／30歳／貿易会社勤務

浮気のお仕置きに社内バイブ仕込み勤務の刑に処されて！……211
投稿者 柳田里紗（仮名）／25歳／製薬会社勤務

私のプレーを一皮むけさせてくれたコーチの淫ら秘密特訓……217
投稿者 三田村ゆうい（仮名）／24歳／スポーツ用品メーカー勤務

第一章

みだれるＯＬたち

■私は目の前に屹立した課長のペニスを心をこめて一生懸命に舐め、しゃぶり上げ……

本気恋人がいながらH上手な課長との不倫関係に溺れて

投稿者 牧田ゆい（仮名）／25歳／事務機器メーカー勤務

私、将来、真剣に結婚を考えてる恋人がちゃんといるんだけど、上司との不倫関係をどうしてもやめられないでいます。

だって……エッチが上手すぎるんだもの。

恋人の彼のほうは、まだ私と同じ二十五歳で、しかも、根っから真面目な公務員だったりするもんだから、まだまだ経験が足りないっていうか……正直、彼とのエッチで心から満足できたことはありません。

ところが、上司のほうときたら……S課長は三十九歳で、二人の娘を持つお父さんなんだけど、これまで相当、女性関係を積み重ねてきたみたいで、そのテクニックはもちろん、呼吸というか、オンナ心の扱い方というか……とにかく、すべてにおいて私を満足させてくれる、本当になくてはならない存在なんです。

ついこの間も、こんなことがありました。

その日は、私と彼がつきあい始めてちょうど一周年の大事なアニバーサリーだったんだけど、どうにも彼の仕事の都合がつかなくて、何もお祝いしないままに済んでしまいそうでした。

仕事が終わって、どうにも悲しい気持ちを抱えながら帰り支度をしている私に、課長が声をかけてきました。

「聞いたよ、今日のこと。かわいそうになあ、まあ、彼のほうも仕事なんだから仕方ないじゃないか。許してあげなよ。その代わり、僕がお祝いしてあげるよ。今日は予定外だけど……もちろん、つきあってくれるよな？」

とってもやさしい声でそう囁きながら、私の耳に熱い息を吹きかけてくるんです。まだ近くに、同僚たちがいるっていうのに。

でも逆に、その悪いことしてる感が、もうハンパなく興奮もので……私はゾクゾクするような昂ぶりを感じてしまうんです。

「あ……だめです、課長、こんなところで……うっ……は、早く、どこかへ行きましょう？」

「そう？　なんだか顔には、ここでもっとイケナイことしてって書いてあるみたいだけど……フフ、じゃあ、行こうか」

ね？　マジ、達人でしょ？

それから私たちは、会社の外であらためて待ち合わせました。そして、課長が見つけてきてくれた、こじんまりとしてるけど、とっても美味しいイタリアンの店で乾杯し、心地いいほろ酔い気分で私はホテルへとエスコートされました。

チェックインして、私がシャワーを浴びたいと言うと、

「だ～め。今日は、ゆいのそのままを、嗅いで、舐めて、味わいたいんだ。な、いいだろ？」

と言われ、

「え、でも……今日は意外と暑かったから、けっこう汗かいちゃったし……そんなの恥ずかしい……」

そう私が困ったように言っても許してはくれず、結局、服を着たままベッドに押し倒されてしまいました。そして私の上に覆いかぶさってくると、濃厚なキスをくれながら言いました。

「交際一周年、おめでとう！　彼じゃなくて申し訳ないけど、今日は僕が代わりに心をこめて祝ってあげるからね」

そして、舌と舌がからみ合い、ジュルジュルと唾液が啜り上げられました。

恋人とは別の男に、そのアニバーサリーをベッドで祝ってもらうなんて……えも言われぬ背徳感が、私の中に甘美な興奮を呼び起こします。

「あ、ああ、あ……はうぅ……」

「ゆい、ゆい、ゆい……ああ、すごく興奮してるんだね？　汗の匂いに妙なケモノ臭さが混じって、なんともエロい香りだ。ああ……味も、格別だ！」

課長は、私の服の胸元を鼻先でこじ開けるようにすると、ブラウスのボタンをプチプチと外していき、現れた谷間をベロベロと舐めながら言いました。

「はぁ……ああ、んあっ……」

「ん？　何かな？　もっとちゃんとオッパイ舐めて欲しいって？　ちゃんと言ってくれないとわからないなあ」

この焦らしが、また絶妙なんです。

課長に誘導されるままに、私はひとたまりもなく翻弄されてしまいます。

「ああ、もっと……ちゃんと、オッパイ舐めて……ください……んんっ」

「ふふ、そうそう、ちゃんと言えてえらいね。じゃあ、ゆいのオッパイ、きっちり、たっぷり舐めてあげるからね」

課長はそう言って、自らも着ていたスーツを脱ぎだして全裸になると、あらためて私の服に手をかけ、またたく間にすべてを剝ぎ取ってしまいました。

「ああ、いつ見ても、きれいな胸だ。最高の美乳だよ」

あまり大きくはない胸を、課長は愛おしそうにそう言いながら、じっくりと舐め回し、乳首を唇に含むと、ちゅくちゅく、チュウチュウと、子供が大好きなフレーバーの飴玉を味わうように、吸いしゃぶってくれました。

これなんです。

彼は、私の胸の大きさを責めはしないけど、かと言って褒めてもくれない。オンナ心が全然わかっちゃいないんです。

でも、課長はこうやってちゃんと、いい気分にさせてくれる。

これがなんといっても快感の源泉だと思うんです。

昂ぶり、持ち上げられた気持ちが、肉体の性感をさらに高めてゆく……女って、そういうエッチこそ求めてるんだと、私は思うんです。

だから私も、彼には滅多にしないことを、課長には出来てしまうんです。

「ああ、課長、私にも……しゃぶらせてください……」

昂ぶる興奮のままに、そうおねだりすると、

「嬉しいなあ。じゃあ、お互いに舐め合いっこしようね。僕も、早くゆいのオマ◯コ

が舐めたくてしょうがないんだ」

課長はそう答えて、私たちはシックスナインへとなだれ込みます。

「んぐ、ふぅ……んあっ、はぁっ……」

私は目の前に屹立した課長のペニスを、心をこめて一生懸命に舐め、しゃぶり上げました。はっきり言って、大きさも硬さも、これに関しては彼のほうが勝っています。でも、そんなの関係ないんです。今この瞬間、私は世界で一番、課長のペニスを愛しているんですから。

「おお、いいよ、ゆい……とっても気持ちいい……僕だって……」

課長は喘ぐようにそう言うと、負けじと私のヴァギナにふるいついてきました。

ぷっくりと膨らんだ肉豆を舌先でコロコロと転がし、吸って。

しとどに濡れ滴った肉襞を掻き分けるようにして舐めしゃぶって。

「ひあ……ああ、あ、くはあぁぁっ……」

思わず喜悦の喘ぎが喉からほとばしってしまいます。

そうやって、さんざんお互いにお互いの性器をむさぼり合ったあと、いよいよ課長が腰を据えて、私の股間にペニスを当てがってきました。

「さあ、入れるよ、ゆい……もう、きみが欲しくてたまらない！」

「ああ、きて、課長……っ！」

そして、ズプリとペニスが押し入ってきて……私は、またたく間に性感の頂点へと押し上げられてしまいました。

「ああ、いい、課長……いいの、とってもいいの〜〜〜っ！」

「ああ、ゆい、僕も……最高だよぉ！」

そうやって、お互いに激しく求め合い、睦み合った果てに、私は最後の絶頂を迎え、お腹の上にビュッ、ビュッと吐き出された、課長の大量の精液の熱さをしっかりと感じていました。

その日の別れ際、課長は言いました。

「ゆい、やっぱりきみは最高の女だ。彼とうまくいっても、ずっと僕のことは忘れないでくれよな」

ああ、課長、それって、私のほうのセリフですよ！

■白くて柔らかい肉球が彼の手で鷲掴まれ、力任せにぐにゃりとひしゃげつぶされ……

小さな会社の応接テーブル上でイキ悶えた枕営業初体験

投稿者　由比亜里沙（仮名）／30歳／保険会社勤務

三歳の子供がいるシングルマザーです。

去年、元夫のギャンブル癖が原因で離婚して、昼間、実家の母に子供を預けて、保険のセールスレディとして働いています。

ただ、色んな保険会社があの手この手で、お客さん獲得に血道を上げている昨今、契約を取るのは生半可なことではなく、特に、生保レディ初心者の私にとっては、まさに至難の業といってもいいでしょう。

でも、子供のこととか、先々のこととか、色々な条件を考えた末に、がんばってみようと決めて始めた仕事ですから、大変だからといってそう簡単にギブアップするわけにはいきません。とにかく、必死でやるしかないんです。

だから、私としては、その必要があるならば、枕営業だって厭いません。

なにしろ、母子二人の生活がかかっているのです。

記念すべき（?）第一歩はこうでした。

私は、若いサラリーマンをターゲットにすべく、小さな会社が色々入っている雑居ビルに狙いを定めました。大企業は言わずもがな、そこそこの規模の会社であれば、とっくに大手の保険会社の猟場となって、顧客獲得の可能性などほとんどありませんが、小さい会社だったら、まだおこぼれに預かれるチャンスがあるかも……先輩からそうアドバイスを受けて、挑んでみることにしたんです。

その雑居ビルには十ほどの会社が入っていましたが、六社を訪問して飛び込み営業をかけても、まだ成果はゼロでした。

（あ～あ、なかなかうまくいかないな～……）

かなり疲弊しながらも、私は気力を奮い起こして、七社目のドアを叩きました。

そこはどうやら小さな出版社のようで、全社員三人という規模。うち二人は外出中で、留守番的な一人が私に対応してくれました。

その人は私と同年代の三十代初めの男性でしたが、これまで回った六社のけんもほろろな対応とは違い、それなりに感じがよかったものですから、とりあえず勝負を懸けてみることにしました。

聞けば、彼はまだ独身ということで、これから先、結婚や育児・教育のことなどを見据えた、そこそこお手頃な保険プランを提示させてもらい、なかなかいい反応を得ることができました。

でも、あと少しというところで、今一歩契約の踏ん切りがつかないようで……でも、彼の態度や言葉の端々に、絶対に自分のことを〝女として〟気に入っているに違いないという手応えを感じていた私は、ついにここで思い切って、禁断の……でも、ある意味、必殺の第一歩を踏み出す決心をしたのです。

「ふ～、あの……なんだかここ、少し暑くないですか？」

私は彼と机を挟んで向き合いながら、そう言っておもむろにスーツの上着を脱ぎ、ブラウスのボタンを二つ外して胸元を開きました。

私、胸はＦカップあって、そうすることでブラの狭間にくっきりと明確な谷間ができることを、ちゃんと自覚していました。

すると、私の思惑どおり、彼の視線が吸い寄せられるように谷間に向けられるのがわかりました。必死に見ないように意識しているようですが、どうしても無意識のうちに目が向いてしまうようで……そのぎこちない感じが、私に勝算を感じさせました。

（よし、これならいける……！）

私はさらに押すべく、攻勢をかけました。

「あ、ここのところ、複雑でちょっとわかりにくいですよね。もっときちんと説明しましょうね」

私は席を立って、彼に何も言わせないままに、対面からすぐ隣りへと場所を移しました。そして、わざと体を密着させながら、

「ええと、これはですね、もしも病気になって働けなくなってしまった場合、その生活補助をするためのですね……」

と、お互いの頬が触れ合わんばかりの距離で、プランの説明（をするフリの枕営業アプローチ）を始めました。

すると、明らかに彼の様子がおかしくなってくるのがわかりました。

顔が真っ赤になって、汗がダラダラと流れ出し、ホットな熱気が全身から発散されてくるのが感じられました。

（よし、ここが押しどころよ……）

そう直感した私は、彼の目を見据えながら、言いました。

「あの……どうされました？　なんだか様子がヘンですけど。どこか具合でも……」

と、すべてを言い終わらないうちに、

「ああっ、もうガマンできないっ……！」

いきなり彼が私を抱きすくめ、キスしてきたんです。

（かかった……！）

私は内心で勝利の快哉を叫びながらも、表面上はさも困惑したような口調で、

「だ、だめです……やめてください！　こんなの困ります……」

と、彼の狼藉を詰るように言い、すると彼はまんまと、

「け、契約するから……なんでも君の好きなように！　だから、抱かせてくれよ！　な、いいだろ？　このカラダ……た、たまんない……！」

と自分から言いだし、私もそれをできるだけ自分に有利に持っていくように、

「え……でも、こんなこと、もし会社にばれたら、私……」

「大丈夫！　絶対に秘密にするから！　だから……ね？」

商談成立！

私は彼に押し倒されるままに応接テーブルの上に仰向けに寝かされ、すっかり欲望の火の玉となった彼を受け止めました。

ブラウスの前ボタンがすべて外され、引きむしるようにブラが剝ぎ取られました。

プルンと露わに剝き出しになった乳房に、彼がむしゃぶりついてきました。

白くて柔らかい肉球が彼の手で鷲摑まれ、力任せにぐにゃりとひしゃげつぶされ

……そうしながら、さんざん乳首を舐め回され、吸いしゃぶられたあと、彼の怖いくらいにいきり立った肉棒を、アソコに突き立てられました。

正直言うと、離婚からこのかた、セックスから丸一年以上も遠ざかっていた私のカラダは、商売っ気抜きでこの快感に悦びまくっていました。

「あっ、はぁ、ひっ……ああん……！」

喜悦の喘ぎが喉からほとばしり、激しく打ち付けられる彼の腰を、自分から両脚できつく挟んで、もっと、もっとと懇願するように締め上げていました。

「くうっ……もう、もう、で、出るぅ……」

「はぁっ……外で、外で出してぇっ！」

そうして、私は絶頂に達し、彼はドクドクッと私のおへそのあたりに射精しました。

すべては、私が最初にドアをノックしてから、実に一時間足らずの間の出来事でした。彼は約束どおり、なかなか大きな契約を交わしてくれて、私の実績に大いに貢献してくれました。

こうして、その日から、一皮むけた私は、優良生保レディとしての華麗なる（？）道筋を歩み始めたというわけです。

■部長のペニスは竿の表面に太くまがまがしい血管を浮き出させて私を威嚇して……

公金横領の弱みを握られ職場で部長に犯された私だけど

投稿者　池内真奈美（仮名）／27歳／信用金庫勤務

パチンコ狂いで借金癖のある、ろくでもない男を好きになってしまったことが、私の大きな過ちのすべてでした。

「なあ、真奈美ぃ、頼むよお……百万、なんとか都合つけてくれよお。じゃないと俺、ひどい目に遭わされちまう……な、助けてくれよお！」

彼にそう言って泣きつかれ、私はどうしても突き放すことができず、お客様の預金に手をつけてしまったのです。私自身のお金は、もうとうの昔に彼にすべて貢いでしまっていました。

まぎれもない公金横領に手を染めてしまった私。

こんなことをして、結局、彼のためになるはずなどなく、際限のない地獄の始まりになるかもしれないことを、私はイヤというほどわかっていました。でも、彼に嫌われたくないばかりに、どうしても突っぱねることができなかったのです。

とはいうものの、やってしまったものはしょうがありません。

とりあえず、お金の流れを知り尽くした私は、絶対にバレない自信がありました。

ところが……！

ある日、上司である部長から、終業後も一人居残るよう言われました。

基本、優秀な職員だった私は、これまでそういうことは一度もなかったので、戦々恐々でした。まさか……？

その悪い予感は当たりました。

私の悪行は部長の知るところとなってしまっていたのです。

「残念だよ。まさか君みたいな優秀な職員が、こんなことをするなんて」

すべての職員が帰路につき、二人きりになった職場……そこで、私が密かに操作した横領工作の流れを、細密に記録した確たる証拠を突きつけられ、完全に観念した私は、部長に恐る恐る言いました。

「あの……私、警察に突き出されてしまうんでしょうか？」

すると部長は、思わぬ言葉を返してきたのです。

「もちろん、そうしようと思えばできるし、もちろん君はそれで立派な前科者だ。でも……そうならない選択肢もないことはない。君が優秀な職員であることはまちがいないし、正直、そんな君を失いたくないとも思っているんだ」

「え、それって、どういう……？」

「条件次第で今回のことはなかったことにして、引き続き、君にはうちで働き続けてもらってもいいっていうことだ」

すっかり絶望の底にいた私は、にわかに差し込んだ希望の光に、一瞬、目がくらむような思いでした。

「ほ、ほんとですか？　私がしでかした今回のこと、本当に不問に付してくださるんですか？」

すがるように問い直した私に、部長は言いました。

「ああ。ただし、繰り返しになるが、あくまで条件次第で……だよ」

もう、どんな条件だってかまわない。

この罪をなかったことにしてもらえるのなら、あのろくでなし男とも縁を切り、生まれ変わってすべてをやり直したい！

私はわらをも掴む思いで、そんな心境に至っていました。

でも、次に部長が、その〝条件〟を口にしたとき、私はすさまじいショックを受けて、うろたえていました。それは……、

『君のカラダを僕の好きにさせてくれるなら』

というものだったからです。

四十三歳で真面目な堅物。妻と二人の娘をこよなく愛するマイホームパパという誉れ高い部長……でも密かに、ずっと私に対して暗く淫らな欲望を抱いていたのです。

「さあ、どうする、池内くん？　黙って私に抱かれるか、それとも……？」

そう言いながらにじり寄ってくる部長に、私は驚愕のあまり、明確な返答をできないままに相対し、後ずさるような格好になってしまいました。

「え……あ、あの、私……っ」

でも、部長は私の返答を聞かずして、もうすっかり昂ぶる欲望に満ち満ちてしまったようで、激しい勢いで体をぶつけ、私を抱きすくめてきました。

「ああ……もう君に逆らう権利なんてないんだよ！　そのイヤラシイ体を、僕の前で晒し開くしかないんだ！　ほら、さっさと脱ぐんだ！」

私はそのまま壁際にある簡易応接ソファセットのほうへと押しやられ、その上に押し倒されてしまいました。

「ああ、部長……だ、だめっ……！」

自身のカラダを部長に差し出すという条件自体は、もはや受け入れざるを得ないと観念していましたが、さすがに他に誰もいないとはいえ、まさか職場で……というのには抵抗があった私は、思わず拒絶の声をあげてしまいました。

するとその私の往生際の悪さが部長の嗜虐心にがぜん火をつけてしまったようで、

「君は自分の置かれた立場が、まだ全然わかってないようだな、まったく！　そんなに犯罪者になりたいのか、ええっ⁉　ほら、それがイヤだったら、僕のコレを咥えてしゃぶりまくるんだ！」

と、部長は寝そべった私の胸の上に馬乗りになると、ズボンのベルトをカチャカチャと外してペニスを取り出し、私の唇にグイグイと押し当ててきました。それはもうすでに興奮に昂ぶっているようで、硬く勃起し、竿の表面に太くまがまがしい血管を浮き出させて私を威嚇してきました。

「ほら、ほらっ、ほらあっ！」

「うぐ……ぐふ、んっ……ううっっ……じゅぶっ……」

凶淫な圧力に負け、とうとう私は唇を開いて部長のペニスを呑み込んでしまいました。それは容赦なく私の喉奥まで突いてきて、私は苦しさのあまり、えづき、涙を流しながら、それでも必死に舐めしゃぶろうとしました。一生懸命舌を伸ばして、亀頭のくびれにからませ、のたくらせ……。

「ううっ、そうだ、いいぞ……その調子だ！　ああ、いい気持ちだ……」

部長はそう言いながら、ますます激しく私の喉奥を突きつつ、手を後ろのほうに伸ばして私の股間に触れてきました。

スカートをめくり上げ、ストッキングとパンティをこじ開けるようにして、手をねじ込んできて……まだ渇いたままのアソコに指を突き入れてきたんです。

「んぐっ……はぁっ、はぐぅ……ううっ！」

私は無理やり股間をこね回され、その痛みのあまり、苦悶の喘ぎをあげていました。

すると部長は、さも嬉しそうに、

「ふふ、そうか、痛いか……早く楽になりたかったら、急いで自分で濡らすようがんばるんだな。ほら、淫乱モード全開にして！」

と言いながら、ますます私の股間を乱暴にこね回してきました。

そ、そんなこと言われても……と困惑する私でしたが、心よりもカラダのほうが反応は早くビビットで、見る見る愛液が溢れ出してきたんです。

「おお～っ、そうそう、その調子！　ほら、もう痛くないだろう？」

部長は、グチュグチュ、ヌチャヌチャと、これ見よがしに淫らな音を立てながら私のアソコを責め立て、さすがの私もせり上がってくる快感を抑えつけることができず、さっきまでとは明らかに違う、淫靡な喘ぎ声をあげてしまいました。

「あん、ふはっ、はぁ……はぐ、ふうぅ……っ……」

「よおし、ここまでトロトロになれば、もう十分だろう」

部長はそう言うと、私の口からペニスを抜き出して胸元から降り、私の両足首を摑んで左右に大きく開くと、剝き出しになったアソコにズブズブと昂ぶりきったペニスを突き入れてきました。

「ひあっ、は、ああっ……ふひぃっ！」

「ああっ、池内くん……君の中、すごく狭いっ……くうっ……」

私はその挿入の否定しがたい気持ちよさに思わず喜悦の悲鳴をあげてしまい、部長も腰を突き動かしながらせつなげな声を出して、いつしか私たちは絶妙のリズムで一つに蕩け合っていました。

「あん、部長、いい、部長のオチン〇ン、すごくいいですぅ……」

「はぁ、はぁ、はぁ……ううっ、池内くん……！」

そして部長の腰のピストンがさらに早く、激しさを増していき、私もその動きに応えるように、自らの腰を振りまくってしまい……、

「ああっ、イク……イッちゃううぅ……！」

「うっ、ふぅっ……ううっ！」

とうとう、二人ほぼ同時にフィニッシュを迎えていました。

その後、約束どおり、私の罪は不問に付され、仕事を続けることができています。

もちろん、これを機に例のろくでなしの彼氏とは別ました。

そして、部長との関係は相変わらず続いています。しかもそれは、私のほうからのたっての希望で。

そもそもは、部長が私の弱みに付け込む形で始まったこの関係ですが、それは同時に、部長のほうが奥さんには知られたくない弱みを私が握ってしまったことにもなるわけで……ほんと、男と女の関係って両刃の剣ですね。

■彼はあたしを布団の上に押し倒すと、前戯もなしにいきなり突っ込んできて……

マッチョなドライバーたちの肉体を味わう甘美なる日々

投稿者　中垣内ゆうき（仮名）／24歳／運送会社勤務

あたし、運送会社で事務の仕事してるんだけど、給料はまあまあで、仕事もそこそこラクで……と、けっこういい職場ながら、一つだけ困ったことがあるの。

それは、マッチョなイケメンがうようよしてて、毎日、目移りして困っちゃうっていうこと。

うちには男性ドライバーが全部で二十人ほどいて、その半数以上が二十代から三十代までの男盛りの連中ときてて、ピチピチの若手から脂ののった中堅までと、まさによりどりみどり状態！　あたし、まだ決まった彼氏はいないんだけど、そんなことしてる場合じゃないっていう感じの充実した日々を送ってるわけ。

たとえば一昨日。

一日の担当配送業務を終えて会社に帰ってきた、二十三歳の龍平くん。

エグザイルのメンバーにいそうな、いかにも今どきなマッチョ系イケメンの彼を、あたしは飲みに誘っちゃった。

「えっとぉ……でもオレ、彼女いるんでぇ……」

と、躊躇する彼に、あたしは、

「へーき、へーき！　あたし、楽しくやりたいだけだから。パーッと飲んで、あと腐れなくキモチいいこと、しよーよ！　ね？」

と言い、彼はちょっと驚いたように、

「マジっすか？」

って返してきたけど、もちろん大マジに決まってるじゃん！　二人で飲んで盛り上がったあと、龍平くんのアパートに転がり込んじゃった。

あたしが先にシャワーを浴びて、布団の上で裸で待ってると、浴室から彼がバスタオルで体を拭きながら戻ってきた。

適度に盛りあがった胸筋と太い二の腕、くっきりとシックスパックに割れた腹筋……まるでボクサーのように引き締まった肉体は、マジ、ヨダレものだったわ。

「あ～ん、ほんと、イイからだ～……たまんないわ～！」

あたしはまだ立ったままの彼にすがりつくと、その意外に小粒で可愛い乳首をペロペロと舐め始めた。時折、長く伸ばした爪でピンと弾いたり、カリッと甘噛みしたり

して……すると、

「う、ふぅ……んんんっ……」

と、妙に甘ったるい声で喘ぐ彼……この反応がまたいいのよね～。

あたしはますます興奮しちゃって、そのまま彼の体を舐め下ろしていき、もうすでにギンギンに勃起してるオチン○ンをカプッて咥えちゃう。そして、彼の左右の太腿に両手を置いて体を支えながら、フェラチオを開始した。

ジュッポ、ジュップ、ジュルル、ヌパッ……と、唾液をたっぷりとからめながら口内に出し入れしてあげると、オチン○ンはヒクヒクしながらますます大きくなって、もう口から溢れ出さんばかりになってきた。

「あ～ん、早くぅ、コレ、あたしのオマ○コにちょうだ～い！」

「う……は、はい……っ」

龍平くんはそう言って、あたしを布団の上に押し倒すと、前戯もなしにいきなり突っ込んできた。まあ、もちろん、そんなの全然必要ありませんけど。

「うっわ、もうこんなに濡れ濡れのグッチョグチョ……中垣内さんって、ほんと、インランなんですね～。マジすげー！」

「ほらほら、能書きはいいから、早く突きまくって～！」

彼は、あたしの熱望に応えて、すごい勢いでガン掘りしてくれて、そりゃもう、メチャクチャ気持ちよくって……。

「あひぃ……イッ、イクッ、イッちゃうの～っ！」

「はあ、はあ、ああ、オレもいいですぅ……中垣内さーん！」

「んもう、やだっ……ゆうきって呼んでよ～！」

「ゆ、ゆうき……あっ、もう、で、出るぅ……」

「はぁっ、あふっ、あああああ～っ！」

あたしはその日、大丈夫な日だったので、思いっきり龍平くんの射精をナマで受け止めて、そのあとも、もう二回戦楽しんじゃった。

でもその前、先月の終わり頃にエッチした、三十一歳の真也さんもよかったな～。隆平くんと違って、これぞベテランの味わいって感じで、前戯テクが濃厚でもうすごいのなんの……あたしのカラダを隅々まで、たっぷり二時間は舐め続けてくれて、そりゃもうキモチいいんだけど、あたしったらただ寝そべってるだけなのに、なんだかもうヘトヘトになっちゃった。だって、アナルまでベロベロのグチュグチュに舐めまくってくれたんだよ～？

はっきり言って、前戯だけで三～四回はイカされちゃって、もう頭のなかもクラックラ状態！　でも当然、真也さんのほうは、いよいよこれからが本番っていうことで、そんなグッタリしたあたしのオマ◯コに、全長二十センチはあろうかという巨根チ◯ポをズイズイと挿入してきて……あたし、寝た子を起こされるっていうのかな？　一段と快感もっともっと状態になっちゃって、真也さんの上に騎乗位でまたがって、腰を振りまくっちゃった。

「あん、あん、あああっ、し……真也さぁん……！」

やっぱり、ナマのオチン◯ンがもたらしてくれる絶頂は、前戯の比じゃなくて、あたしったら、失神するんじゃないかっていうほど、全身を痙攣させながらイキ果てちゃったわけ。

さ～て、今度は誰にしようかなあ……事務机で仕事をしつつ、次のSEXターゲットをついつい目で探しちゃってるあたしってば、ほんと、自分でもイヤになっちゃうほどの筋金入りのインラン女よね～。

■私の口内は二本の男根ではちきれんばかりにいっぱいになり、苦痛と苦悶が……

三人の男に無残に凌辱されて感じてしまった送別会の夜

投稿者 間宮祥子（仮名）／26歳／商社勤務

最近、なんとなく不穏な空気は感じていたのだ。

同期の河合（仮名）の、あの視線。

私の頭からつま先まで、舐めるように、からみつくように見てくる視線。

あれはまぎれもなく、ケダモノが獲物を狙っている視線だ。

河合からは、前々から何度となくモーションをかけられて、でも、自分がけっこうなイケメンなのをいいことに、相当な数の女をヤリ捨ててひどい目にあわせてきたという噂が聞こえていたものだから、私は頑として相手にしてこなかった。

私は不誠実な男は嫌いだもの。

だから、あえて必要以上に、けんもほろろに対応してきたのだ。

そして、きちんと警戒してきたつもりだ。

逆恨みされて、万が一にも乱暴などされないように、決して彼とは二人きりになったりしないように気をつけてきた。

でも、まさか、あんなことが起きようとは……私の不覚としか言いようがない。

その日、上司が定年退職するということで、部署の一同でこじんまりとした居酒屋を借り切って、送別会が催された。

そんな、週末の書き入れ時に貸し切りなんてできるの？　というごくまっとうな疑問に、幹事の荒木（仮名）が、

「ここのオーナー、俺の幼なじみなんだ。だからいろんな無理も聞いてくれるんだよ。心配はご無用！」

と答え、私は納得した。

実は私は、この荒木のことが密かに気になる存在だったのだ。河合と違って、誠実で思いやりのある人柄で、付き合えたら嬉しいなあ、とまで思っていたくらいだ。

それなのに……。

送別会はすごく盛り上がり、いや、盛り上がりすぎて、主役である上司が度を超すほど酔っぱらってしまい、二次会実行不可能状態になるという、思わぬ展開を迎えた。

仕方なく、予約してあった二次会会場の店はキャンセルせざるを得なくなり、泥酔状態の上司をタクシーで自宅に送り出したあと、皆、三々五々に解散ということにな

った。と、そこに、あの河合が声をかけてきたのだ。

「間宮さん、よかったら、このあと少し残って飲まない？　せっかく皆集まったのに、こんな感じでお開きなんて、なんかつまんないじゃん？」

当然、こんな下心見え見えの誘いなんて、私は相手にするつもりなんかなかった。

が、そこに思わぬ横やりが入ってきたのだ。

「あ、それいいな。俺も一度、間宮さんと飲みたいって思ってたんだよ。よかったら、俺も交ぜてもらっていいかな？」

なんと荒木だった。

私の気持ちは大いに揺れてしまった。

河合なんかと飲むのは御免だけど、荒木とはお近づきになれる絶好のチャンスだ。

河合も、まさか荒木がいるのに無茶はしないだろうから、ちょっとだけ奴の存在をガマンすれば、今後、荒木との関係性を発展させていける、願ってもない機会になるかもしれない……。

よし、ＯＫしよう！

私は損得勘定の末に、この三人での飲み会の提案を受け入れたのだ。

飲み始めたのは、夜の十時近くだった。

なにしろ、貸し切ったはいいものの、従業員も含めてほとんど皆帰ってしまい、店にいるのは私たち三人と、荒木の幼なじみだというオーナーの男性だけだった。

それなりに盛り上がって、気がつくともう深夜十二時を回っていた。

もういい加減、酔ってきたし、終電の時間もあるしで、私は帰ろうと腰を上げた。この間、荒木と携帯番号も交換できたし、あれこれプライベートなことも話せて、よしこれで明日にもつなげられた、と首尾は上々。とっとと帰るのみだ。

ところが、そこでいきなりとんでもないことが。

河合が私のことを抱きすくめ、畳敷きの床に押し倒してきたのだ。

「きゃあっ！　ちょ、ちょっと、河合くん、何やって……悪い冗談はやめてよ！」

私は思わず声を荒らげたけど、その口調は実際、ちょっと半笑い気味だった。

だって、周りには荒木もオーナーもいるのだ。河合的にもちょっと度を超してはいるが、冗談のつもりに決まってる。それなのに、あまり本気で怒るのも、さすがに大人げないかなと思ったから。

でも、もちろんそれは冗談なんかじゃなかった。

それがわかったのは……よだれを垂らさんばかりの顔で私の服を引きむしっていく河合を止めるどころか、私がじたばたと抵抗できないように、オーナーと、そしてなんと荒木までもが、私の手足を押さえつけてきたから。

そう、この三人、ぐるだったのだ。

あまりの衝撃と絶望に呆然とする私は、あっという間に全裸に剝かれてしまい、その痴態を河合がスマホで撮っていく。

「もし、今日のことをバラしたら、この動画、ネットにばらまくからね。そしたらその日から、間宮さんは一歩も外を歩けなくなるんだ。そんなのイヤだろ？　だったらおとなしく犯されろっていうことだよ。オーケー？」

言いながら、河合も自分で服を脱いでいき、自らの男根をさらけ出した。

全裸の私を前にして、さぞ興奮しているのだろう。亀頭の笠は大きく開き、竿の表面には太い血管が浮き出し、それは恐ろしいほどにいきり立っていた。

「ほら、間宮さんのことが欲しくて、俺の、こんなになっちゃってるよ」

そして、荒木とオーナーによって羽交い絞めにされ、大きく体を開かせられている私に近づいてくると、河合はその男根で私の乳房を弄んできた。

根元を摑んで亀頭を振りかざし、その先端でぐにゅりと乳首を押し込み、そのままグリグリと乳房全体に広げるようにこねり広げていく。もう鈴口のところから透明な液が滲み出て、それが乳首に粘着し、私のちょっと紫がかったピンク色の突起が、いやらしくぬめり光っている。

その様を見て、がぜん興奮したようにオーナーが言う。

「はぁ、はぁ、はぁ……なあ、俺のを舐めさせてもいいかな？　なんだかたまらなくなってきちゃったよぉ……な、いいだろ？」

「仕方ねーなー。でも、ちゃんと押さえつけとけよ？　いつまた暴れ出すかわかったもんじゃねーんだから」

「へへ、わかってるって」

オーナーはそう言うと、私を押さえつけたまま器用にズボンを脱いでいき、さらけ出した、河合のに比べると少し見劣りのする男根を私の口元に押しつけてきた。

「んんっ、ぐふ、うぶぅ……うぐっ……！」

一瞬、噛んでやろうかと思ったけど、そんなことしたら、何をされるかわからない……私はプライドよりも身の安全を優先して、仕方なく、受け入れるしかなかった。

私の口の中でそれは抜き差しされ、無言の圧力によって、私もそれに舌をからめ、舐め回さざるを得ない。チュパ、チュパ、ジュブブ……と、強制フェラをしていると、なんと荒木もそこに乱入してきた。

「ああ……俺ももう、ガマンできないっ……！」

そう言っておもむろに男根を取り出すと、先にオーナーのモノが入っている私の口中に無理やりねじ込んできたのだ。

まさかの二本同時口内挿入だった。

しかも、荒木は巨根だった。

オーナー一人に口内凌辱される分には大してつらくなかったけど、荒木の二十センチ近い勃起男根がそこに加わるとなると、話は別だ。

私の口内は二本の男根ではち切れんばかりにいっぱいになり、唇の端がちぎれそうな苦痛と、窒息しそうな苦悶が襲いかかってきた。

「んぐぅ……うっ、ぐぅ、ううぐ、んんんぐ……！」

「へへ、二本のチ○ポを美味しそうにお口いっぱいに頬張って……いつもお高くとまってる間宮さんが、とんだいいざまだぜ！　さあ、それじゃあそろそろ、俺のイチモツ、突っ込ませてもらおうかな！」

河合のそう言う声が聞こえた瞬間、アソコにヌブヌブッ……と、強烈な異物感が侵入してきた。そしてそれが、ズップ、ズップと奥まで抜き差しされて、私は心の中では憤怒と悲痛の悲鳴をあげながらも、悲しいことにカラダのほうはあられもなく性的反応を示してしまっていた。快感の波が次から次へと押し寄せ、なんと自分のほうから腰を突き出して、悶え喘いでしまっていたのだ。

「んぐっ、ぐぅ、うっ……んふぅ、ぐふっ……んんんっ！」

「ああっ、間宮さんのココ、すっげぇ締まるぅ……わ、わ、ヤバ……ちょっ……だ、だめだ、俺、もう出ちゃうよぉ……！」

河合は挿入からものの五分で射精してしまった。

私はその後、オーナーと荒木に順番に犯され、アソコは三人の男の放出した精液で、ドロドロに汚されてしまった。

そして私も、情けないことに、幾度となくイッてしまっていたのだ。

その後、何事もなかったかのように、会社では河合とも荒木とも普通に接している。例の動画を握られている手前、もちろん私はあのことを訴え出るつもりはないが、河合としてももう気が済んだようで、何も求めてはこない。

ただ、自分でも予想外だったのは、あのあと……ますます荒木のことが好きになってしまったことだ。なんでだろう？　自分で自分の心が理解不能だ。

■店長の武骨な指が、ふんわりときめ細かな生クリームをまとって私の乳房に……

厨房を淫靡に汚す生クリームまみれセックスの激甘快感

投稿者 三浦えりこ（仮名）／28歳／パティシエ

この辺ではわりとはやっている洋菓子屋で、チーフ・パティシエとして働いていま す。私の下に他に若い女性のパティシエが二人に、接客担当の女の子二人、そしてオーナーの店長というのがお店の陣容です。

その店長（三十七歳・妻子持ち）と、関係を持っています。

もともと私、まったくの初心者として、この店にアルバイトとして入ったのですが、そのうちに洋菓子作りの魅力にとりつかれ、バイトをしながら、店長の好意で授業料を補助してもらって専門学校に通って、パティシエになれたという経緯があるのです。

だからいわば店長は私の恩人であり、パトロン……最初に店長から誘われたとき、かなり葛藤したのですが、結局断り切れず、今に至っているのです。

うちの店の定休日は毎週水曜日。

その前日の夜が、私と店長だけの時間。

基本的にはホテルへ行くのですが、一～二ヶ月に一度くらいの割合で、お店でヤることもあります。

午後八時の営業終了時間となり、他の従業員が皆帰るのを待って、午後十時くらいからが、厨房での私と店長のヒミツのプレイタイムです。

それは、こんなふうに始まります。

「今日もお客さんがたくさん来てくれて、大繁盛だったね。これもチーフ・パティシエのえりこのおかげだ。お疲れさま。そして、ありがとう」

そう言って、店長は私を抱きしめてきます。

「いえ、そんな……皆、がんばってくれたから……」

と、私が謙遜の言葉を返そうとすると、急に店長の口調が変わり、

「ただし、今日の生クリームの出来はちょっといただけなかったなあ。いつもはあっさりとした爽やかな甘さなのに、なんかこう、まったりとしてしつこかったっていうか……お客さんはごまかせても、僕はそうはいかない」

「えっ、そうでしたか？　そんな……いつもどおりにやったのに……」

普通は、生クリーム作りというベーシックな部分は下の子がやるところを、私はこだわりがあって自分で手掛けています。だから、これはちょっとショック。

少しうろたえていると、

「舌がおかしくなったのか？　信じられないなら、自分で確かめてみるといい」

店長は冷徹な声でそう言うと、おもむろに私のパティシエの白衣のユニフォームを脱がせ始めました。と同時に、自分も服を脱いでいきます。

厨房の中、私は全裸にさせられ、店長もパンツ一丁の姿になりました。

そして、私の背をシンクの縁に寄りかからせると、店長は冷蔵庫から作り置きの生クリームが入った大きなボウルを取り出してきて、

「さあ、自分の舌で確かめてみなさい」

と言いながら、手で直接すくって、生クリームを私の口元に塗りつけてきました。

「ほら、大きく口を開けて、舌を差し出して……」

たっぷりの生クリームを、私の舌を揉むようにして塗り込んできます。

「んあ……はぐ、うぅ……」

舌を引っ張られ、こね回されるような、言いようのない不快感が私を襲います。でも、そうされながら、やっぱり店長が言ったような味の異変については感じられませんでした。すると、それを察したかのように店長は、

「まだわからないのか？　とんだ鈍感だな、まったく。こうなったら、全身で感じて

もらうしかないようだな」

と言い、今度は生クリームを私のカラダに塗りたくってきました。

店長の武骨で太い指が、きめ細かな生クリームをふんわりとまとって、私の乳房にからみついてきます。両手を大きくゆっくり、円を描くような要領で動かし、左右の乳房を揉み込むように塗り込んできて……、

「は、ああっ、うふぅ……」

そのえも言われぬ甘美な感触に、思わず喘ぎが漏れてしまいます。

そして、その動きは徐々に内へと向かっていき、ついに円の中心にある乳首をとらえると、それを搾り上げるように、よりきつくキュウキュウと揉みこねてくるのです。

「ひあぁ、ああっ……んんん、んうっ……」

私の喘ぎは、さらに甲高いものへと変わってしまいます。

「どうだ？　まだわからないか？　ほら、こんなにまったり、ネットリしてるじゃないか……ほら、ほら！」

「はひっ、ふあっ……んはぁっ……！」

さらに大量の生クリームをボウルからすくい取った店長の手は、私のお腹からへそ、そして下腹部へと滑り下りていき、ついには太腿の辺りまで生クリームまみれにされ

てしまいました。

そして、今度は重点ポイントを下半身のほうに移し、私のアソコからアナルにかけてを入念に……何度も何度も往復させながら、ヌチャヌチャと生クリームを塗り込み、揉み立ててくるのです。

「んあっ、あっ、あ、ああ……ふあぁっ！」

そして、一通り私の全身に生クリームを延ばし終わると、それを今度は舐め取り始めました。じっくり、じんわり、とことん味わうように……さんざん揉み込まれた乳首とアソコ、そしてアナルを、さらに舌で責め立てられ、私の性感はあられもなく翻弄されてしまっていました。

もう、限界でした。

私は店長のパンツを脱がせ、自分の体に残った生クリームをすくい取ると、今度はそれをペニスに塗り込み始めました。もうすでに勃起状態にあったそれは、ビンビンのガチガチになって目いっぱい容積が増し、さらにボウルから追加しないと全体に生クリームがいき渡らないほどでした。

「ああ、店長、すみません……私、まだわからないので、こうして確認させてもらいますね……はぐっ」

私は店長の足元にひざまずき、ペニス全体を覆った生クリームをチュパチュパ、レロレロと舐め取りながら、フェラチオしました。そして、先端から滲み出した先走り液が混ざって、生クリームの甘さに若干の苦みが加わってきたな、と感じ始めたところで、店長が私を立たせ、後ろ向きにシンクに手をつかせられました。

そして、

「とにかく、今後は気をつけるように！」

店長はそう言うと、バックから私に突っ込んできたのです。

ヌッチャ、グッチャと生クリームの粘着音が響き渡る中、私は三度ほどもイカされ、最後に店長の熱いほとばしりを受け止めたのです。

はっきり言って、生クリームの出来については、ただの言いがかり（？）にすぎませんが、エッチの効果的な発奮材料になってくれたのはまちがいありません。

店長との、この甘ったるくてイケナイ関係、まだまだ当分続きそうです。

■わたしは白衣の前ボタンを外していき、彼女の生乳をグニュグニュと揉み回して……

深夜の病院の暗闇で淫らにからみ合う白衣の下の肉体

投稿者 吉行瑠香（仮名）／30歳／看護師

わたし、地元ではけっこう有名な整形外科病院に勤めています。ほら、誰でも年を取ると、股関節が傷んできたり、膝の調子が悪くなってきたり……そういう手術や治療に関する、県内一の最先端技術を誇っているということで、とにかく毎日、やってくる患者さんがあとを絶たないんです。

でも、一方でうちの院長、そういった手腕は確かに一流なんですが、だからこそというか、人件費や諸経費に関してはめちゃくちゃシビアで、とにかく薄給な上に人使いが荒くて……わたしたち看護師や、リハビリを担当する理学療法士とか、毎月のように一人、二人、音を上げて辞めていっちゃう始末。もちろんその都度、求人をかけて欠員補充はしてるんだけど、そう簡単には追いつかず、常時、人出不足状態という有様なんです。

わたしも正直、辞めたい気持ちはやまやまなんだけど、それなりのベテランで責任ある立場にいる上に、バツイチ子持ちゆえのややこしい家庭の事情ゆえ、そうもいかず……毎日の激務をしのいで、なんとかがんばっているという状況なんです。

でも、そんな中、何らかの方法で溜まりに溜まったストレスを解消しないことにはさすがにやってられません。

で、わたしが日ごろ実践しているストレス解消の手段というのが……可愛い後輩の看護師を誘惑して、レズプレイを楽しむというものなんです。

実はわたし、昔からその気があって……もちろん、男が嫌いっていうわけじゃ全然ないんだけど、普通に結婚して子供を産みつつも、好みの女の子を見ると、もう無性にムラムラして、たまらなくなっちゃうっていう性癖があったんです。

ただ、基本的に普段はそういう欲望や衝動は封印するようにしてきたんですが、このストレスまみれの日々のおかげで、そういうのが解き放たれちゃったみたい。

昨日も、わたし、当直だったんですが、一緒にナースステーションに詰めた三人のうちの一人が、つい先週新しく入ってきた美里ちゃんということで、もう胸がときめいちゃって、心ここにあらず状態！　だって、めちゃくちゃ好みなんだもの。

彼女はまだ二十三歳で、大柄なわたしと違って少し小柄だけど、出るとこは出てて、引っ込むとこは引っ込んでて、なかなかに魅力的なプロポーション。しかも、色黒なわたしと違って、これも真逆に色白で透き通るような美肌……当直勤務中、舌なめずりしながら、彼女のことを虎視眈々と狙っていたんです。

そしてついに、待ちに待ったそのチャンスが巡ってきました。

深夜二時過ぎ。

二人ずつ交代で、一時間ずつ仮眠をとる時間帯となり、もちろんわたしは美里ちゃんと一緒になるよう差配し、ナースステーションのすぐ裏にある六畳ほどの仮眠室へと向かいました。

そこにある二つの簡易ベッドに、わたしたちはそれぞれ横たわりました。わたしは美里ちゃんに声をかけてみました。

「美里ちゃん、疲れた？　たしか今日、初めて当直だったわよね」

「はい。でも、疲れてるはずなのに、なんだか眼が冴えちゃって眠れそうにありません。緊張してるのかなあ」

「わかるわあ。わたしもそうだったもの。患者さんのこととか気になって、寝るどころじゃないのよねえ。じゃあさ、わたしがいいリラックス方法、教えてあげようか？」

「え、そんなのあるんですか？」

「うん、わたしが長年の看護師生活で編み出した必殺技。なーんてね！　ちょっとそっちのベッドに行ってもいい？」

「は、はあ……いいですけど……」

わたしはそう言って、少し訝しんでいる美里ちゃんをなだめすかすようにしながら、モゾモゾと起き出して、彼女のベッドに上がり込みました。

狭い簡易ベッドの上、わたしと美里ちゃんと、完全な密着状態です。

「あ、あの……吉行さん……？」

暗がりの中、恐る恐る聞いてくる美里ちゃんに対して、わたしは問答無用でその唇に自分の唇を重ねていました。こういうのは躊躇してはいけません。先輩という立場を利用しつつ、あれよあれよという間にことを運ぶのが最も有効なんです。これまで幾度となく場数を踏んできたわたしが辿り着いた、一番の成功法則です。

「んっ、んんん、んぐぅ……」

「しっ、声を上げちゃダメよ。隣りのナースステーションに聞こえちゃうでしょ？あなたは黙ってわたしに身を任せてればいいのよ、ね？」

たとえ本人にその気がなくても、こうやって何気に共犯関係のような雰囲気に持っていくと、向こうは妙に罪悪感を感じてしまって、周りにばれないよう、いいなりになってくれるものなんです。

「ふふ、そうよ、いい子ね。とってもかわいいわあ……わたしがとってても気持ちよく、リラックスさせてあげるからね」

わたしは、彼女の耳元でそう囁きながら、ディープキスで舌と舌をからめて唾液を啜り上げました。そして同時に白衣の上から乳房を揉みしだいて。

「んふっ、ふぅ……ぐぅ、んんんっ……」

次第に彼女のほうから、すすんでわたしの舌を吸うようになってきました。かなりわたしの術中にハマってきたようで、こうなればもうこっちのものです。

わたしは白衣の前ボタンを外していき、胸元を露わにすると、ブラジャーも取り去って、彼女のナマ乳をグニュグニュと揉み回しながら、乳首を吸い、舌でコロコロと転がしました。意外なほど長い彼女の乳首があっという間にビンビンに勃起して、わたしの口中で暴れ回ります。

「ふあっ……あ、ああ、はう……ううっ……！」

「ほらほら、ダメダメ、もっと声を抑えて。あなたのいやらしい声、みんなに聞こえちゃうよお？」

わたしがあえてそう言って煽ると、ますます興奮してしまったようで、彼女は自分から腰を迫り上げながら、わたしの太腿の辺りに自分の股間をこすりつけるようにしてきました。もう完全なるシテシテ状態です。

わたしは彼女を全裸に剝き、自分も白衣を脱ぐと、ベッドの上で体の向きを変えてシックスナインの体勢になりました。そして、指先で彼女のクリトリスを摘まみ、こね回しながら、ヴァギナに舌を差し込んで、肉襞の内部を舐め回してあげました。すると、彼女のほうも負けじとわたしのを舐めむさぼってきます。まだ慣れていない、不器用で荒っぽい愛撫だけど、その初々しさがまたよくて、わたしもすごく感じてしまいました。

「んはっ、んぶぅ、んじゅぶ……くひ……」

「はぁ、ああ、あ……んんんっ……！」

そうやって、二人必死で声を押し殺しながら、暗がりの狭いベッドの上でお互いに絶頂に達していたんです。

あ〜、気持ちよかった！

こんなドスケベな白衣の天使でスミマセン。

■ズップ、ヌップと抜き差しが始まり、私の体を甘い喜悦に満ちた揺さぶりが……

デパート催事の出店交渉でシェフに肉体を求められて！

投稿者 水沢あい（仮名）／26歳／デパート勤務

某大手デパートの企画部に勤めています。

企画部とは、商品の販売促進のためのさまざまなアイデアを立案し、それを具現化してゆく部署ですが、なんといっても一番の腕の見せどころは、催事場でのイベント企画の運営でしょう。

一番有名なところだと、新宿の○王デパートの全国駅弁大会なんかありますよね。その他にも、有名お取り寄せグルメ大会とか、大北海道フェアとか、どこのデパートもそりゃもう必死です。こういう催事の集客力がそのままデパート全体の売り上げに大きく影響するわけですから。

そして、うちではこの秋の目玉催事として、『秋のヘルシー美食フェア』を催行することになりました。デパートの主力客はなんといっても女性。秋物の新作衣料品を効果的にご案内するためにも、この企画の成否はかなりの鍵を握っていると言ってもいいでしょう。

部長を中心に会議を何度も重ね、リサーチをし、東京中の〝ヘルシーで美味しい〟と評判のレストラン・飲食店の中から、これぞという十五店を厳選し、部員が手分けして各お店との出店交渉に当たりました。

すんなりＯＫしてくれるところもあれば、そうでないところもあって……こういうのって、えてして〝絶対に出店してほしいマストなところのほうが難航するものなんですよねえ、皮肉なことに。

それでもなんとか出店交渉は進んでいき、了承を取れていないのは、ようやく私担当の一軒を残すだけとなりました。

そこは、四十歳になるオーナーシェフが一人で切り盛りしている薬膳料理の名店で、私が交渉のために足を運んだ回数は、五回や六回では済みません。それでもなかなかウンとは言ってもらえず……でも、ついにあと一押しというところまでこぎつけられたんです。催事の初日まで、もうあまり時間はありません。

よし、今日こそは決めてやる！

私はその決意を胸に、最後の交渉をするべく店を訪ねました。

営業が終わったあとですから、時間は夜の十時を回っていました。

店内はカウンター席が十しかない狭いもので、シェフはその中で明日の仕込み作業をしていました。ふと見ると、洗い物がまだ手付かずのままです。私はさっとカウンター内に入ると、

「お手伝いさせていただきまーす！」

と言って、シェフの返事も聞かずに洗い物を始めました。

実は、私がこれをするのは初めてではなく、シェフに「勝手なことをするな」と怒られつつ、それでもめげずにもう何度もやっていることで、それもあってだんだん打ち解けてきて、私も「今日こそはいける」という手応えを掴んでいるという感じなんです。その証拠に、洗い物をしつつシェフの表情を窺うと、苦笑のようなものが浮かんでいます。

私はそれを確かめると、洗い物作業に戻りました。

と、五分ほど経った頃だったでしょうか。

すぐ背後に気配を感じました。

もちろん、それはシェフ以外にあり得ません。

（え……？）

一瞬うろたえた私のお尻に何かが触れる感触がしました。

紺色のスーツパンツの上から、そろそろとシェフが撫でていました。

「あ、あの……っ……」

さすがに非難の声をあげようとした私に対して、

「君の根性には降参だ。出店するよ」

シェフはそう言いました。

「え、え、え……ほ、本当ですか？　や、やった！　ありがとうございます！」

思わず喜びの声をあげてしまった私ですが、同時にとまどわざるを得ませんでした。

（これって、交換条件なの？　シェフのこの誘いを受け入れなかったら、やっぱりや～めた、ってことになっちゃうわけ？　私、どうすればいいの？）

そんなとまどいと葛藤の中で、シェフが背後から、私の耳元で囁くように言ったんです。

「いやなら拒絶してもいいよ。だからといって出店を取りやめたりはしないから、安心して。君のこと、本当に好きになっちゃったから、これは僕の、とっても真剣な気持ちなんだ」

それは思いもよらない言葉でした。

シェフはもちろん結婚していて子供もいますが、そんなことは関係なく、本当にまっすぐな想いが私の胸に突き刺さってきました。

そして、そのとき初めて、私もシェフに対して特別な想いを抱いてしまっていたことに気づいたんです。

(ああ、私も……好きだ。抱かれたい……)

がぜん、熱烈な感情が噴き上げてきた私は、それに煽られるままに、さっと振り返ると、自分からシェフに口づけしていました。

シェフのほうもそれをしっかりと受け止め、私の体をがっしりと抱きしめると、唇を割って舌を差し入れてきました。お互いの舌が熱くからみ合い、啜り合って……二人の混ざり合った唾液が溢れ出てダラダラと顎を伝って滴り落ちていきます。

「ぷ、はぁ……っ!」

長いディープキスの末、ようやく唇を離すと、シェフはもどかしげに私の衣服を脱がせ始めました。紺色のスーツの上着が剝ぎ取られ、白いブラウスのボタンが荒々しく外されて、中からブラジャーが覗きました。

シェフはそれを上にずらし上げるようにして、プルンと私の丸い乳房が顔を出しました。少し暗めなオレンジ色の照明の中に浮かび上がった私の白い乳房は、自分でさえも言われずエロチックに感じられました。

「ああ、きれいだ。君の胸、ずっとこうしたかった」

シェフはそう言うと、乳房を揉み回しながら、私の小粒な乳首を唇に含んで、チュパチュパと吸ってきました。

「あ、ああ、あふぅ……んんんっ……」

私はその甘い感触に喘ぎながら、自分からも手を伸ばしてシェフの下半身をまさぐりました。そしてベルトをカチャカチャと外してズボンを下ろすと、ブリーフの中から立派に勃起したペニスを取り出し、こね回すようにしごきました。

「んんん……んくぅ……ふぅ……」

私の乳首を吸いながらシェフも感極まったような呻き声をあげ、そうすると、私の手の中で、そのペニスはさらに硬さと大きさを増しました。

「ああ、たまらない！　もう入れるよ！　いいね？」

シェフの切羽詰まったような問いかけに私は頷いて応え、自分からパンツと下着をひざ元まで下ろしました。

すると、シェフは私の体をひょいと持ち上げてシンクの縁に座らせると、下から私の体と、膝元で止まったパンツと下着の間にできた隙間に自分の体をくぐらせ、しっかりとペニスを私のアソコにあてがってきました。

ニュブルルッ……と、私の中にソレが入り込んできました。そして、ズップ、ヌップと抜き差しが始まり、私の体を甘い喜悦に満ちた揺さぶりが襲ったんです。

「あっ、ああ、あうん……ああ、いいっ……あああ〜っ」

「はぁ、はぁ、はぁ……ああ、ふぅ、うくっ……」

最後、シェフは一瞬激しく体を震わせると、次の瞬間、私の中に大量の熱いほとばしりが弾け飛ぶのを感じました。

私も、オーガズムに達していました。

その後、約束どおりシェフが出店してくれたイベントも大好評、デパート全体の売り上げアップにも大いに貢献し、私の評価もすごく上がりました。

それ以来、たまにシェフの店を訪れては、閉店後に狭いカウンター内エッチのなんとも刺激的な快感を楽しんでいる私なんです。

第二章

わななくOLたち

■彼は陶然としながらあたしを書棚に寄りかからせ、ぐっと股間を開かせてきて……

カビくさい本の匂いに包まれて…エリート的変態SEX

投稿者 八井田真由（仮名）／25歳／県庁勤務

どこかってことはもちろん言えないけど、某県の県庁勤めしてる。

うちみたいな田舎だと、大した企業もなくて、なんといっても公務員……それも県庁が最高の勤め先っていうランクづけで、あたしが大学を出て県庁に就職が決まったときは、うちの両親もそりゃあもう喜んでくれたっけ。これで同じ県庁職員で、将来有望なお婿さん候補でも見つけてくれれば、言うことなしって感じ？

でも、みんな全然わかってないのよねえ。

こういうお堅いところに限って、その反動だかなんだか知らないけど、性的嗜好についてはメチャクチャ変態が多いっていうことを。

一応、今あたし、同じ部署のＫ（二十八歳）とつきあってるんだけど、こいつもなかなかの変態クンよ。

このＫ、某有名国立大学出の文系エリートくんなんだけど、その変態ベクトルも、まさに〝ならでは〟って感じなのよ、これが。

あたしとK、よく県庁舎内で密かにエッチしてて、まあそれだけだったら今ドキ変態でもなんでもないんだけど、特殊なのは、ヤル場所が『資料室』だっていうこと。

もちろん、理由としては、一つには普段ほとんど誰も来ない場所だっていうのがあるんだけど、モンダイなのはもう一つの理由のほう。

それは、Kが『本の匂いフェチ』だっていうこと。

ね、こんなの聞いたことないでしょ？

彼、とにかく昔から本の虫だったということで、何をするにもすぐそばには本があって……手元に本がないと落ち着かないっていうところまではわかるんだけど、なんと、それがさらに高じて、本の匂い（しかも、あの古びたカビくさいような……）を嗅ぎながらでないと、興奮しないタチになっちゃったっていうんだから、これはもうアンビリーバブルよね！

これって、エリートあるあるなのかなあ？

まあ、それはいいとして、昨日も彼とヤッちゃいました。資料室で。

ちょうどお互いに、周りの目を気にしなくていいフリーな時間帯が三十分ほど重なったもんだから、これはもうヤルしかないねって。

二人それぞれ、人目を忍びながらいそいそと資料室へ向かって。

あたしが着いたときには、もうすでに彼のほうが先に来てた。

あたしが中に入って、重厚なドアを閉めたときも、彼、何をしてるかと思ったら、広い部屋の真ん中に立って、目をつぶりながら思いっきり深呼吸してて……大好きな古い本の匂いをこれでもかと吸い込んでたのね。

そんな彼のことをよくよく見てたら、なんと……股間がムクムクと膨らんできて！

「ああ、ほんと、いつ嗅いでもこの匂い、たまらない……」

いつものこととはいえ、あたしもあきれながら、でも、せっかく美味しそうに実ったフランクちゃんを見過ごす手はないと、自分で服のボタンを外しながら、彼のほうに向かっていったわ。そして、はだけたブラウスの中から大きさには自信のあるGカップの乳房を覗かせながら、彼に密着して。

「ねえ、早ぐう……」

そう言って、彼のズボンのジッパーを下げて、中から怖いくらいに勃起したオチン○ンを引っ張り出すと、足元にひざまずいてフェラチオを始めた。

「んぶっ、ふぅ、んじゅぶ、うぷ、ぬふぅ、じゅるぷ……」

「あ、ああ……はぁ……」

あたしの中で、それはますます勢いよく大きさと硬さを増していくようだったわ。

「ねえ、今度はあたしのを舐めてぇ」

そのおねだりに応え、今度は下半身をさらしてオマ○コを露わにしたあたしをテーブルの上に座らせ、彼はしゃがんでソコを舐めてくれて……もうとっても気持ちよくって、ワレメちゃんがあっという間にヌレヌレの汁だく状態になっちゃう。

「はぁ、ふぅ、ううん……いいわぁ、たまんない……ねえ、もう待ちきれない。早く、あたしのオマ○コに、オチン○ン突っ込んでぇ！」

そう言ってドスケベ丸出しに懇願したあたしだったけど、彼ったら、

「ダメダメ、ここじゃあ。実はつい昨日、新しい資料本が納入されたんだけど、これがもう最高に古くて、いい匂いプンプンなんだよ。それが奥のほうに陳列されてるから、そっちのほうに行こう。さあ、早く早く！」

なんて言いだして、オマ○コ濡らしてるあたしの手をとり、勃起オチン○ンをブルンブルンさらしながら引っ張っていったの。

そして、

「ほらほら、ここ、ここ！　ん〜〜〜っ、この味わい深いカビ臭さ、ほこりっぽいフレーバー……なんて素晴らしい匂いなんだ！　あ〜〜っ、たまらなく興奮する〜！」

なんて陶然としながら、あたしを書棚に寄りかからせ、ぐっと股間を開かせてきて……腰を大きく突き出すと、ググッとインサートしてきた。

「あっ、ああっ……はあっ！」

確かに彼が言ったとおり、いつにも増して興奮度が高いようで、オチン○ンは暴力的なまでにあたしの胎内を犯し、貫いてきた。ズップ、ヌップ、グップとすごい勢いで抜き差しされるたびに、淫らな体液が滴り弾けて、床を汚しちゃう。

「ああ、いいわぁ！　今度は後ろからきてぇ……」

あたしがよだれを垂らさんばかりにそう懇願すると、彼はすぐに応えて、あたしの体を裏返してお尻を突き出させ、バックから突き入れてきた。

「あひぃ、ひぃ、ひっ……いいっ、いいのぉ……！」

「ああ、はぁ、真由ぅ……！」

あたしの淫らな喘ぎに応えるかのように、彼もあたしの名を呼びながら昂ぶり、ピストン運動が激しさを増していった。

そして、一段と強くあたしのお尻の肉を鷲掴んだかと思うと、

「ああ、出る、もう出る……あっ、真由ぅ！」

「はひっ、はぁ、ああ、あ、あたしも……イクぅ……！」

ラストスパート的キョーレツな腰の叩きつけと同時に、あたしの中で、彼の熱いほとばしりが弾け、あたしも絶頂に達しちゃってた。

さて、こんな彼のこと、けっこう本気で好きだし、できれば結婚したいとも思ってるけど、そのためには大きな家を建ててくれなくちゃね。だって、充実した夫婦生活を送るためには、彼の興奮剤でもある古い本をいっぱい収納できる書庫が必要になるじゃない？

よろしく頼むね、エリートくん！

■実に五年ぶりの愛撫の感触に、電流のように激しく、糖蜜のように甘美な衝撃が……

お局OLの硬い心と体を開いてくれた年下カレの激熱H！

投稿者 原本舞子（仮名）／38歳／商社勤務

私は新卒で今の会社に入り、ずっと勤め続けて早十六年。その間、結婚もせず、誰からも頼りにされるベテランでありつつ、かと言って男子社員並の出世は望めない、一介の主任止まりという、いわゆる立派な『お局様』です。

過去に一度や二度は、寿退社のチャンスもあったのですが、タイミング悪く、そのとき自分の手掛けていた仕事が正念場で相手に応えてあげることができなかったりして、結局独身を通すこととなってしまいました。

田舎に住む親も、昔は口うるさく早く結婚しろと言い、しょっちゅう見合いの話なんかも振ってきたのですが、さすがに今となってはもうあきらめたようで、逆にもうその話には触れようともしません。まあ、これはこれで淋しいものですが、仕方ないですよね。

当然、私自身も、もう結婚はあきらめていました。幸い、貯金はそれなりにありますし、独り気楽にこの先の人生を歩んでいくのもいいよね、と考えるようになっていたのです。

ところが、そんな私が思わぬ恋に落ちてしまったのです。

しかも、十才も年下の相手に。

彼の名は祥太郎といい、先にアプローチしてきたのは、もちろん向こうからでした。

春の異動で他部署から移ってきた彼が、しつこく私に言い寄ってきたのです。

「原本さん、僕とつきあってくれませんか？　実は、前から原本さんのことが好きで……魅力的だし、仕事もできるし、素敵な人だなあって。で、こうやって晴れて同じ部署になったのを機に、思い切って……」

「そんな冗談やめてよ。私、あなたよりも十も上なのよ？　あなた、すごくもてそうだし、同年代で他にいくらでもいい相手がいるでしょ」

「そんなの……全然対象外ですよ。僕は原本さんがいいんだ」

と、何度あしらおうとしても、めげずにくるものだから、ついに私も根負けして、ちょっとつきあってあげることにしたのです。彼、まちがいなくイケメンで、男性的魅力があることは否定できなかったし、たとえ私みたいな年上好きだとしても、そのうち現実というものが見えてきて、向こうから離れていくだろうと。

なのに、それはとんだ目論見違いだったのです。

ハマってしまったのは私のほうでした。

それは、彼の〝セックス力〟ゆえでした。

私、昔は人並みに性欲もあり、それなりの男性経験を経る上で女としての性的悦びを求め、謳歌していたわけですが、情けない話、加齢とともにそういう欲求も減退し、最近ではほとんど〝枯れた〟状態になってしまっていました。

ところが、そんな私を祥太郎は女として復活させてしまったのです。

食事やお茶だけ、という軽いデートから始まり、私と彼が初めて体を重ねたのは、つきあいだしてから三ヶ月が経った頃でした。正直、そこまで許すかどうか葛藤があったのですが、彼の熱意に押し切られる形で、結局……。

ホテルの部屋に入った私は、とりあえずシャワーを浴びようとしました。が、彼にそれを止められました。

その日はわりと暑くて、けっこう汗をかいていたこともあって、え〜っ？　と思ったのですが、彼は頑として譲らず、お互いに会社帰りのスーツ姿のまま、私をベッドに押し倒してきました。

「や、やだ、しわになっちゃう！」

「帰り、タクシーで送ってあげるから大丈夫」

彼は自分のネクタイを緩めつつ、私のスーツを脱がせ、引きむしっていきました。ブラも剝ぎ取られ、乳房がこぼれ出ました。

「ふふ、原本さんのオッパイ……乳輪、けっこう大きいんですね」

いきなり、ちょっとコンプレックスだったことを指摘され、私はムッとした感じで、

「！　……そ、そんなこと言うんなら……」

と、抗おうとしましたが、彼は笑みを含めた口調で、

「すっごいきれいだ。……ていうかエロい、エロすぎる。ここ数年、一人の男ともつきあわず、こんなエロいカラダ、眠らせてたんですね。ほんと、もったいないことしましたね～……宝箱を開けた気分ですよ」

と言い、私はその思いもよらない言葉に、カッと身中が熱くなるのを感じました。

「あ、乳首が立ってきましたよ。まだ触ってもないのに……僕の言葉だけで感じちゃったんですね？　可愛いな～、ほんと。エロくて可愛くて……原本さん、ほんと、あなたサイコーです」

そのとおり、早くもピンと尖ってしまっている左右の乳首を、彼は指で軽くシコり回しながら、舌先でチロチロと舐めてきました。

ぶっちゃけ、最後の男と別れてから実に五年ぶりの感触に、私の全身に電流のように激しく、糖蜜のように甘美な衝撃が走りました。

「はひっ、ひっ、ああっ……んくうぅ！」

「わあ、すごい、すごい！　僕の愛撫に応えて際限なく立ち上がっていきますよ！　もう乳首、はち切れんばかりだ」

彼の言うとおり、自分でも乳首の先端がジンジンと痺れるように、熱く疼いているのがわかります。もう怖いくらいの感度になっているのです。

そこを思いっきり、チユ～～～ッと吸われました。

「ひいっ……ひあ、あぁぁん、あ～～～っ！」

彼は、今度は乳房全体を大きく揉みしだく愛撫に変え、そのゆったりとしたリズムに合わせるかのように、乳首の吸い上げを加えてくるのです。

私はその快感の波状攻撃にあられもなく翻弄され、いつしか下半身のほうも、もうここ何年もなかったくらいの激しさで反応しているのが自分でもわかりました。

すると、それを察したかのように彼が、

「さあて、そろそろこっちのほうも熟れきってきたんじゃないですか？」

と言いながら、下半身を裸に剝くと、アソコに触れてきました。

指が、ヌプ……と、入ってきました。

と、すぐに、ズチュ、ジュブ、グチュ……とあられもない音を立て始めました。

「わぁ、これはまた想像以上の熱れっぷりだ！　トロットロに熱く蕩けきって……僕の指、溶かさないでくださいね」

「そ、そんなぁ……あぁん！」

彼のちょっとイジワルな言葉に煽られ、ヌチャヌチャと指を抜き差しされて、私はいつしか、自分から腰を迫り出すように突き出して、もっと深く、もっと激しくと彼の指を求めてしまっていました。

そこでようやく、彼が自分の服を脱ぎました。

その股間でそそり立つペニスは、それはもう惚れ惚れするほど隆々とパワーに満ち溢れ、私は思わず取りすがるようにしゃぶりついていました。

でも、彼は私のその衝動をいったん押しとどめ、シックスナインでお互いに愛し合うように導いてきました。

そこで私は一瞬我に返り、汗をかいて蒸れた自分の性器を舐められることへの羞恥心に襲われたのですが、すっかり昂ぶりきった欲望の波にのまれる形でそのまま……。

すると、彼は私の股間に鼻先を沈めながら、

「ああ、原本さんの匂いがするよ。とっても濃密でかぐわしくて……その辺の小娘には出せない、オトナの女のフレーバー……最高だよ！」

と、うっとりするような口調でほめそやしてくれたのです。

私の性的テンションは一気に昂ぶりました。

今現在の私を本当に求めてくれている男が、ここにいる！

そんな喜びと興奮に全身が包まれ、ついに〝お局根性〟に凝り固まった自分の殻から解放されるかのような境地に達していたのです。

それから私は、すべてのしがらみを忘れ、一匹の牝となって、彼の上で腰を振り、彼に貫かれ、彼を求め……女としての純粋な快楽の悦びを味わい尽くした果てに、失神するほどのオーガズムを得ていました。

今、私は祥太郎ととても幸せな恋愛ライフを送っています。

この先どうなるかはわかるはずもありませんが、自分に正直に日々を楽しんでいきたいと思っているのです。

■先生の舌が私の肉壺の中でうねうねとうねり、のたうち、淫らな肉汁が際限なく……

カラダで有名作家の原稿を取る私の淫らな編集者魂！

投稿者　椎名梨花（仮名）／27歳／出版社勤務

私、昔から本が大好きで、中学生になる頃には、将来は出版社で働きたいと、自分の進路としても明確に決めていたほどでした。

だから、大学を卒業して、そこそこ名前の通った中堅規模の出版社に就職できたときは、本当に嬉しかったものです。

一方で、たまにマンガやテレビなんかでまことしやかに、巨匠の先生の原稿を取るために、担当編集者がカラダを差し出すなんて描写を何度か目にしてきましたが、まさか、昔ならいざ知らず、今どきそんなの都市伝説みたいなものよね、とタカをくくってる部分がありました。

ところが現実には、それは伝説でもウワサでもなかったんです！

私が入社して最初に配属されたのは、女性ファッション誌でした。本当はこの会社の中でも一番歴史のある文芸誌の編集部を志望していたのですが、まあ最初から贅沢は言えません。気持ちを切り替えて、先々志望の部署に行けるよう、ここで何年かがんばって認められるようになろう、と思いました。

そして去年の春の異動で、ついにそれが実現できたんです。

ええ、そりゃもう必死でがんばりましたもの。天にも昇る心地でした。

よーし、やっと念願かなって文芸誌の編集部に入れたんだ、直木賞とか芥川賞とか、歴史に残る小説を作るぞ、とメチャクチャ張り切ったものです。

が、そんな燃えるようなまっすぐな思いに、凍えるように冷たい水を差されるのに、大して時間はかかりませんでした。

ある日、編集長に呼ばれてこう言われたんです。

「この間のパーティーで、S先生に会ったよね」

「ええ、あんな有名な先生にご挨拶できて、本当に光栄でした」

「で、先生、ひょっとしたらうちで連載を始めてくれるかもしれないんだ」

「ええっ、本当ですか？　S先生、たしかうちではこれまで一度も書いていただいたことないですよね？　すごいじゃないですか！」

S先生は、純文学系の作家の中では珍しくファンが多く、村上○樹とまではいかないけど、新刊を出せば必ずベストセラーになる、出版社としては喉から手が出るほど欲しい作家さんなのです。

「ただし、執筆には条件があってね……」

「条件？　原稿料がチョー高いとか、書きたい内容がアグレッシブすぎるとか……？」

私が問い返すと、編集長は言いました。

「……その、パーティーで君に会って、すごく気に入ったんだって。それで君を担当にしてくれるんならって。もちろん〝ただの〟担当じゃないことは、君だってわかってるよね？」

マジか！

本当にあったよ、カラダで原稿を取る世界が！

「ちょ、ちょっと……考えさせてもらっていいですか？」

衝撃と動揺を抑えつけながら、とりあえず私がそう言うと、編集長は、

「だめ。選択肢は二つだけで、即答だ。担当を引き受けてベストセラーを自分のものにするか、拒否して別部署に異動になるか、だ。さあ、どうする？」

と、決断を迫ってきました。

ああ、どうして断ることができるでしょう？

私は無言で、でもしっかりと大きくうなずいていたんです。

そして翌週、私は初めてS先生の居宅を訪れました。百坪の敷地に建つ大きな日本家屋に一人住まい。昔からプレイボーイの名を欲しいままにしている先生は、ずっと独身を通していました。

和服姿のS先生は御年六十二歳でしたが、還暦を過ぎながら、その全身からは若々しいエネルギーを発散させていました。頭は禿げあがり、さすがにそのお腹はぽっこりとぜい肉を蓄えていましたが、じき、それらがまったく大した問題ではないことを、私は身をもって痛感させられたのです。

「話は通ってると思うけど……大丈夫かな？」

「はい……先生の玉稿《ぎょっこう》をいただけるのであれば」

「はは、玉稿とはまた古めかしい……でもまあ、約束するよ。じゃあ、僕の目の前で服を脱いでいってもらえるかな」

肘掛け椅子に座った先生にそう命じられ、その前に立った私は言われたとおりに一枚ずつ脱いでいきました。スーツを脱ぎ、下着だけの姿になり……ブラジャーを外して、決して大きくはないけど、昔から形が綺麗だと評判の乳房を露わにしました。

「おお、すばらしい、絶妙の造形だ……さあ、こっちに来て、その美乳を味わわせておくれ」

先生に言われ、私は座った先生の上に屈み込むようにして、その顔に自分の乳房を寄せました。

にゅぷり……と、先生の唇が私の乳首を含みました。そして舌先で転がすようにしながら、ちゅうちゅうと吸ってきます。

「はぁ、あああぁ……」

私は身をよじらせながら悶え、先生の肩の上に置いた両手に思わず力が入りました。絶妙に強弱をつけたその吸い搾りの甘美な感覚はさらに精度を上げていき、私の性感をどんどん高めていきます。

さすが、稀代のプレイボーイの名に恥じないテクニック。私は、いつしかもう下のほうもすっかり潤ってしまっていました。

すると、その状態を見切ったかのように先生は、

「さあ、今度はショーツも脱いで、この左右のひじ掛けの上に両膝を載せて……ほら、バランスに気をつけて。君の蜜壺を舐めさせておくれ」

と言い、言われたとおりにその眼前に突き出した私の股間に顔を埋めてきました。

まるで何か別の生き物かのように、先生の舌が私の肉壺の中でうねうねとうねり、の

たうち、際限なく溢れ出した淫らな肉汁が、だらだらと先生の顔を濡らしていきます。

「ああ、なんて甘くて美味しいんだ……このまま溺れ死んでもいいくらいだ」

「ああっ、せ、先生……っ！」

私もいよいよたまらなくなってきたところで、先生が自分の和服の裾をバッとめくり上げました。

私は驚きました。

めくり上げられた和服の中から現れた先生のイチモツは、とても還暦過ぎとは思えないほどの勢いで天に向かってそそり立ち、まがまがしいまでにオスのエネルギーを発散させていたからです。

優に十五センチほどもあるそれは、大きさも充分立派なものでした。

「ほら、君の中に早く入りたくて、僕のここ、もうこんなことになっちゃってるよ……さあ、そのまま腰をゆっくりと落として……うん、その調子だ」

私はM字開脚の要領で腰を沈め、そのままずぶずぶと先生の屹立したイチモツを肉壺の中に呑み込んでいきました。

「あ、ああ、はぁ……すごい、先生の、奥まで入ってくるぅ……」

「おお、君の中、なんて熱くて……喰い締めるようにからみついてくる……」

私は和服を着たままの先生の体にしっかりとしがみつき、先生も私の腰に手を添えて下から突き上げるようにしてきました。

「あっ、あ、あ、ああ、いい……先生、か、かんじちゃう〜っ！」

「ううっ、僕も、いい……あうぅ、も、もう出そうだぁ……」

お互いの体の蠕動《ぜんどう》が一気に高まったかと思うと、次の瞬間、私の全身を電流のような絶頂感が貫き、胎内にたっぷりと先生のほとばしりを感じていました。

「ああ、とてもよかった。君は本当に期待どおりだったよ。約束するよ、君のために絶対に傑作を書いてみせる」

「はい、嬉しいです。よろしくお願いします」

それから、月に二〜三度ほどの先生とのお勤めをこなしながら、作品の連載は順調に進んでいます。

当初の困惑も忘れ、今では先生との逢瀬をむしろ楽しみにしているかもしれない自分がいます。

ふふ、編集者として少しは成長できたかな？

■部長のチ○ポも小ぶりながらにめいっぱい膨張してきて、亀頭は赤黒くなって……

会社オナニーの現場を押さえられた私は部長に無理やり！

投稿者 有田理宇（仮名）／31歳／食品メーカー勤務

会社の総務部に勤めてるんだけど、最近どうにも仕事に身が入らなくて……理由はぶっちゃけ、欲求不満！

結婚五年目を迎える銀行員の夫は、最近部署が変わったばかりで、そこでの新しい仕事を覚えたり、人間関係に馴染んだりといったことにもう必死で、毎日へとへとに消耗しまくった挙句、私のことなんて全然かまってくれないの。

いや、それまでは逆に私たち、超エッチ大好き夫婦で、週二でやってたもんだから、それが打って変わってゼロになっちゃった反動ときたら、そりゃもうすごいの。

昼間、デスクに向かって仕事している間でも、なんだかもう体のあちこちがジンジン疼いちゃって……周りの同僚たちに気づかれないように、制服の上からこっそり乳首の辺りをねじってみたり、アソコをボールペンでツンツンしてみたり……そうやってなんとか昂ぶりを抑えつけながら、日々、しのいでるって感じなの。

ところがある日、うっかりその現場を見られちゃったのね、部長（四十一歳）に。

私、そうとは知らずに、定時がきたもんでそそくさと帰り支度を始めてたら、

「あ、ちょっと有田さん、このあと少し残ってもらえるかな」

って、部長に言われて。

え、何？　って思ったけど、まあ仕方なく、他の同僚たちの帰りを見送って。

で、とうとう私と部長の二人だけになって、私、

「あの、どういったご用件でしょう？」

って聞いたんだけど、部長ったら、おもむろにスマホの画面を見せてきて、もちろんそこには、昼間の私の痴態がしっかりと写ってたってわけ。

一瞬、言葉を失って顔面蒼白になってる私に、部長は、

「上司たるもの、部下が苦しんでることに全然気づかなくて、本当に申し訳ない。こんなことをしなきゃならないほど、溜まってただなんて……これじゃあ仕事にだって身が入らないよな。すまん、すまん」

って言いながら、いきなり抱き着いてきたの。

「あっ、部長、な、何を……っ？」

私がさすがにうろたえて言うと、

「何って……もちろん部下が心置きなく仕事に集中できるよう、その溜まってるストレスを解消してあげようっていうわけさ。まさか、いやだなんてこと、ないよな?」

平然とそう答えながら、くいくいと手の中のスマホを振って見せてきた。

もしあんな、はしたない姿を公にされたりしたら……私にはなんの選択肢もないっていうわけ。

もう観念するしかなさそうね。

正直、でっぷりと太って頭の薄くなった部長は、全然私の好みじゃないんだけど、この状況でそんなこと言っていられるわけもなく。

「そうそう、おとなしくね、それでいい」

部長はいやらしい笑みを浮かべながら、私の制服を脱がせ、ブラウスのボタンを外してきた。プチン、プチンと前が開かれていって、薄ピンク色のブラジャーが顔を覗かせた。すると部長は、

「ふふ、本当は直にいじくってほしいんだよね」

そう言って、さらにブラを外して、乳首を指で摘まんでこねくり回してきて。

「ひあっ……んふうっ……!」

私、思わず自分でもびっくりしちゃうような、恥ずかしい声出しちゃった。

だって、正直、すごく気持ちよかったんだもの。

部長の指、ぼってりむくんで太いくせに、そんなこと感じさせない繊細な動きで乳房と乳首をねっとりと弄んでくれるのね。

「あ、ああ……は、はぁ……ん、んぶぅ……！」

部長はそうしながら、さらに私の唇をキスでふさいできて、舌を差し入れからめて、ジュルジュルと音を立てて唾液を吸い上げて……胸への愛撫と合わさって、そのエロい高揚感に、私、あられもなく陶然となってきちゃった。

すると、

「ぷはぁっ……ああ、俺もすごい興奮してきちゃったよ。ねえ、俺のも舐めてよ」

部長はそう言って、キスをやめて私をしゃがませると、ズボンから自分のチ○ポを取り出してしゃぶらせようとしてきた。

もうすっかり勃起した、ちょっと小ぶりなそれは、なんだか少し臭ったもので私は若干躊躇したんだけど、

「ほら、自分でアソコをいじくりながら舐めるんだ、ほらほら！」

そう言われて仕方なく、オナニーしながら舐めてるうちに、だんだんテンション上がってきちゃって、気がついたら脇目もふらずにしゃぶり倒してたわ。

ほんと私、正真正銘のどインランね〜……。

「んぐ、ふぅ、んじゅぶ、ぐぷ……じゅる、ぶふ、んぶぅ……！」

そうこうするうち、部長のチ○ポも小ぶりながらにめいっぱい膨張してきて、亀頭は赤黒くなってパンパンに張り詰め、竿の表面にはウネウネと太い血管が浮き出して、その存在感を思いっきり主張してきた。

そして、

「ああ〜っ、もう限界！　有田さん、入れさせて！」

部長は叫ぶようにそう言うと、私を立ち上がらせ、制服を着崩した半裸の格好のまま後ろ向きに机に両手をつかせて、背後からお尻の肉を鷲掴んできた。そしてそのまま、勃起チ○ポを突き入れてきて……。

「あ、ああっ……ひっ、ひぃ……んっはぁっ！」

思いのほか、その抜き差しの勢いは力強く、パン、パン、パンと激しい音を立てながらのピストンに、私ったらあられもなく悶えまくっちゃった。もっと大きい夫のチ○ポに比べれば明らかに力感は劣るのに、真昼間から会社でオナニーするほど飢えてた私のカラダは、ひとたまりもなく感じさせられてしまい……。

空腹は最良のソースならぬ、欲求不満は最高の媚薬ってとこかしら？

そして、いよいよ、

「ああっ、部長、わ、わたし、もう……あううっ……！」

感極まった快感の断末魔の呻きをあげると、部長も、

「ああ、俺も……うぐ、うううっ……！」

そう喘いで、私の中にドクドクと熱い体液を注ぎ込み……二人ほぼ同時にクライマックスへと昇り詰めてた。

「とってもよかったよ、有田さん。俺でよかったら、またいつでも力になるから、ね？」

部長はそう言い、おかげさまで私も欲求不満が癒え、仕事に身が入るようになったけど、それ以来、まだ関係は持っていない。

でも、もしこれからまだ先、夫の私に対する放置プレイが続くようであれば、こっちのほうから部長に声かけちゃうかもね？

■私はいわゆる串刺し状態で前後から彼らに激しく貫かれ、愛されて……

彼氏の手ひどい裏切りを忘れさせてくれた快感ナンパ3P

投稿者 飯島奈緒子（仮名）／29歳／通信サービス会社勤務

あ〜もう、三年間つきあった彼氏と手ひどい別れ方をしてしまいました。信じられないことに、彼ったら私の女友達と二股かけてたことがわかって……で、どっちを取るんだって迫ったら……あえなく私はお払い箱ということに。

うわ〜ん、本気で好きだったのに〜！

私もう、悲しいのと悔しいのとでわけわかんなくなっちゃって、その別れが決定的になった日の夜、一人夜の街に飛び出しちゃったんです。

一人で入った一軒目の焼き鳥屋でさんざん飲んで、それでも気が晴れなくて、二軒目のちょっとお洒落な感じのＢＡＲへ行きました。

そこのカウンターの止まり木に腰かけて一人飲んでいると、背後から声をかけられました。

「おやおや、君みたいな素敵な人がこんなところで独りで飲んでるなんて……ひょっとしてワケありかな？」

「ほんと、ほんと、なんか危なっかしいよ。よかったら僕らが話し相手になろうか？」

それは、私と同年代くらいの男性二人組でした。二人ともスーツではなく、質のよさそうな私服姿で、どうやらサラリーマンではなさそうです。聞くと、自分たちでIT系のベンチャー会社をやっているとのことでした。

ちょっと話してみると物腰もソフトで知性的で、タチの悪い人間には思えませんでした。それに、なんといっても二人揃ってなかなか魅力的なイケメンで、そんな彼らにかまってもらうのは気分のいいもので、私たちは一緒に飲むことになったんです。

それから二時間ほども三人で飲んだでしょうか、気がつくと時計の針は十一時を回っていました。

「あ、いけない！　私、もう帰らないと」

「え、でも今日は金曜だよ。明日休みでしょ？　まだいいじゃない。せっかく盛り上がってきたんだしさ、ね、ね？」

「そうそう、俺たち、君のこと、もっとよく知りたいんだ」

そう言われると、私も一人暮らしで別に門限があるわけでもなし、彼らと話してるのはけっこう楽しいし……で、結局そのまま飲み続けちゃったんです。

で、さんざん飲んだ挙句、そのあとの記憶を失くしてしまったと。

ハッと気がつくと、なんと私は裸で、しかも体中泡まみれになっていたんです。

「え？　え？　え？　……な、何これ？」

わけがわからず動転しまくりの私を、同じく全裸の彼ら二人がニコニコしながら見つめていました。

「ああ、ごめんね、びっくりさせちゃって。ここはホテルのバスルーム。あのＢＡＲで君、悪酔いして戻しちゃったもんだから、とりあえず綺麗にしてあげなくちゃって思って……ここに運び込んで、今こうして洗ってあげてるってわけ」

「ほんとに？　すみません……私ったらとんだ迷惑かけちゃって！」

と、自分のまさかの醜態に、とりあえず謝った私でしたが、一方で釈然としないものが……え〜、だからってホテルに連れ込むかあ？

まあつまりは、私はまんまと彼ら二人にしてやられてしまったというわけで、この期に及んでは、もうどうすることもできませんでした。

「ううん、全然謝る必要なんてないよ。それよりまだ作業は途中だ。ちゃんと綺麗にしなくっちゃね」

「そうそう、リラックスして俺らに任せておけばいいから、ね？」

「え、え……あ、ああ……？」

彼らは、私の体中にまとわりつかせたボディシャンプーらしき泡を、素手でヌルヌルとのばし洗いながら、敏感な部分を責め立ててきました。

乳房がムニュムニュと揉み回され、乳首がキュルキュルと摘まみ、こね回されて、蕩けるような甘美な感覚にじわじわと包まれていきます。

お尻のワレメにニュルリと手が滑り込み、それがアナルの上を何度も行き来しては硬い窄まりをユルユルと妖しくほぐしていって。

そして、一番恥ずかしいところ……股間の茂みが泡でグチャグチャに掻き回され、上部の豆突起がニュルニュル、クリュクリュといじり回されて、白く細かい粒子の中に赤黒く垣間見える肉割れが、ステーキ用に柔らかく仕込まれる生肉のように執拗に揉みくちゃにされて……まるでそこにもう一つ心臓があるかのように、ズキズキと脈打つように感じられました。もう自分でもわかるくらいネバネバの汁が大量に分泌されていて、それが泡と混然一体となって下半身を覆っていくんです。

「はぁ……あ、あぁぁ……」

「ふふ、とってもいい表情だよ。感じてるんだね」

「ああ。さっき飲みながら振られた話してたけど、こんなステキなカラダを手放しちゃうなんて、その彼氏ももったいないことするね。ほら、こんなに白くてスベスベで……うう、洗ってあげてるうちに、なんだかこっちまでヘンな感じになってきちゃったよ……ねえ、見て見て」

言われてそっちのほうに目をやると、一人のほうの股間から怖いくらいに勃起したペニスが鎌首をもたげていました。

「あ、俺も、俺も」

反対側からも声がして、やはりそっちのほうも凄いことになっていて……結局、私は左右の手で両方のペニスを摑まされることになりました。

泡をタップリと塗りからめて、かたや細目だけど二十センチ近い長さを誇るペニスを、かたや長さは十二~十三センチだけど代わりに直径五センチほどもありそうな極太ペニスを、ニチュニチュ、ズリュズリュとしごきあげて……。

「あ、ああ、いいよ、とっても……」

「う、うう……た、たまんねぇ……」

「んん、ん、ああん……」

三人、くんずほぐれつという感じで、泡まみれになりながら互いの性器をいじくり、愛撫し合って、決して広くはないバスルームに皆の淫らな熱気がムンムンと充満しているようでした。

そして、さんざん泡まみれ相互愛撫プレイを堪能したあと、私たちはシャワーで体をきれいに流してから、ベッドルームへと向かいました。

ベッドへ上がると、私を真ん中にして三人、川の字に寝そべり、彼らは両側から私の乳首を吸いながら、体を撫で回してきました。もちろん、私からも左右に手を伸ばして二人のペニスをまさぐります。

そして、再びいい感じに濡れそぼち、勃ち上がってきたところで、私たちは無秩序状態に突入！　私が一人のペニスを咥えしゃぶると、もう一人は私のアソコを舐めしゃぶり、そのうち彼らが攻守交替したり、そうかと思えば並んで立ち上がった彼らのペニスを私がひざまずいて交互にフェラチオしてあげたり、逆に彼ら二人が同時に私のアソコとアナルをこれでもかと舐め啜ってくれたり……と、慌ただしく体勢を変えながら、三人で互いの肉体をむさぼり合いました。

そのうち、いよいよ互いに本格的に欲望全開！

一人が四つん這いになった私のバックから挿入してくると、前に回ったもう一人が口に突っ込んできて、私はいわゆる串刺し状態で前後から激しく貫かれ、愛されて……本当に全身を一本の長いペニスで貫通されているような感覚に陥り、あっという間にイッてしまいました。

もちろん、その後もプレイは延々と続き、私は二本のペニスをこれでもかとしゃぶり、突っ込まれ、アソコを完膚なきまでに蹂躪されて……果てしなく快楽を味わううちに、いつしか彼氏に手ひどく裏切られたことなど、忘却の彼方へと吹き飛んでしまっていたんです。

その後、タクシーで帰宅した私は、車中で心地よい疲労感に包まれていました。

そして、よ～し、来週からスカッと全部切り替えて、またバリバリがんばるぞ～！

と、前向きなモチベーションを感じることができたんです。

ほんと、とってもステキで忘れられない夜になりました。

■室長のペニスの抜き差しの勢いに全身を揺さぶられながら、快感に満ちた幸福感を……

ずっと想い焦がれた上司の胸の中での陶酔の処女喪失体験

投稿者　倉川麻美（仮名）／24歳／団体職員

私は小学生の頃に、父を病気で亡くしました。

やさしくて楽しくて、本当に大好きな父でした。

だからでしょうか、ファザコンと言われようがどうしようが、年配の男性に心惹かれてしまうのは。

これまでも、好きになったのは学校の先生とか、バイト先の店長とか、最低でも自分より一回りは年上の男性ばかり。

当然、それだけ年が離れていると、実際につきあったりどうのということは現実的には難しく、それもあって私はこれまで男性との交際経験はなく、つまりは……二十四年間、処女でした。

でも、そんな私がいよいよ本気で、心の底から好きになってしまった相手が現れたのです。

それが今の職場の上司のM室長でした。

室長は四十六歳で、奥さんと二人の息子さんがいます。まさに、私の父が生きていれば、同じ歳の頃ということになります。

室長は、二年前に私が新卒で入社したときから、とてもやさしく熱心に仕事の指導をしてくれて、ミスをしたときなどにも親身になって励ましてくれて……あっという間に好きになり、そして、時が経つにつれて、ますますどうしようもなく愛するようになってしまいました。

でも、私がその想いを伝えたところで、よき家庭人である室長を困らせるだけ……そう思って、ぐっと胸に秘めて日々を送っていたのです。

ところが、つい先月、口さがない職場のゴシップ好きな女子たちから、思いがけない話を聞いたのです。

どうやら室長の奥さんが浮気していたことがばれて、今、離婚の危機にあるらしいというのです。

最初は、あくまでそんなゴシップ、本気で信じる気にはなれませんでしたが、そのうち違う方面からも同じ話を聞くようになり、どうやら本当らしいという信憑性を得るに至りました。

私はそこで、もし室長に自分の想いをぶちまけるなら、今しかないと思ったのです。〝目には目を〟じゃないけど、奥さんの裏切りに遭って傷つき、憤懣を抱いている今なら、私の思いを伝えることで、室長の心の傷を癒し、同時に仕返し的に受け入れてもらえるチャンスがあるのではないか、と。

そして心から、室長に自分の処女を捧げたいと願っていました。

そして、そんな私の背を押してくれるような情報が新たに入ってきました。

奥さんの浮気がばれ、離婚危機の状況になってからこっち、室長は毎日家には帰らず、ウイークリーマンション住まいをしているというのです。

私はいよいよ、思いきって行動を起こす決心をしました。

「お疲れさま、じゃあお先にー」

とある週末の金曜日、そう言って先に帰っていく室長をいったん見送ってから、私はコッソリとそのあとをつけました。

最寄り駅から地下鉄に乗って、五駅目で室長は下車しました。そして駅から歩くこと数分、確かに室長は明らかに単身者向けであろう、ワンルーム仕様の一棟のマンションに入っていったのです。

私は高鳴る胸を抑えつけながら、室長に続いてマンションのエントランスを抜け

(オートロックでなかったのはラッキーでした)、階段を上って二階の一番奥の部屋に室長が入るところを確認しました。

それから数分が経ち、なんとなく、もう室長が部屋着に着替えたかな、という頃合いを見計らって、玄関のチャイムを鳴らしたのです。

すると、簡単に返事が返ってくるようなことはなく、ドアの向こうでゴソゴソする気配が感じられました。恐らく覗き穴からこちらを確認しているのでしょう。

と、いきなりドアが開けられ、Tシャツに短パンという格好の室長が姿を現し、驚いたように言いました。

「ど、どうしたの、倉川さん？　なんで君がここに？　ええっ？」

「あの……中に入れてもらってもいいですか？」

「え？　あ、ああ、も、もちろんいいけど……」

室長は明らかにうろたえながらも、私を室内に上げてくれました。

靴を脱いで入っていくと、そこは六畳の１Ｋできれいに片付いて……というよりも、ベッドの他ちょっとしたものしかない、殺風景な部屋でした。

「と、とにかく、今お茶でも……」

と言いながら冷蔵庫を開けようとする室長を押しとどめて、私は真正面からその目を見つめて……思いきって言いました。

「室長……ずっと、好き、でした！」

そして、驚いて目をまん丸くしている室長の返事を待つこともなく、その胸に飛び込んでいたのです。

「え、ちょ、ちょっと、倉川さん、そんないきなり……バ、バカなこと言っちゃいけないよ、こんな親子ほども歳の離れた相手をつかまえて……」

「だから……親子ほども離れてるから、好きになっちゃったんです！」

私は半分泣きじゃくりながら、これまでの自分の想いの丈を言葉にして、次から次へと室長にぶつけました。

とにかく最初は呆然としながら、ただ聞いていた室長でしたが、最後には私の背中に手を回して、やさしく抱きしめてくれました。そして、

「そうか、ありがとう。でも、倉川さんの気持ちはとても嬉しいけど、僕にはそれに応えることはできない。妻子がいるし……」

「そんな……浮気するような奥さん、どうでもいいじゃないですか！　私なら、室長のこと、絶対に裏切らない！　一生愛し続けます！」

ようやく落ち着きを取り戻して、私を拒絶しようとする室長に向かって、私はそう

叫ぶと、それなりに自慢のFカップある胸をグリグリと押しつけながら、同時に股間を短パンの前部分にこすりつけました。こんなはしたない真似、これまで一回だってしたことないけど、もうこのときの私は捨て身でした。今この機会を逃したら、室長はずっと私のことを避け続けるでしょうし、お互いに気まずい思いを抱き続けるに違いないと思ったのです。

「や、やめなさい、倉川さん、そんなことしちゃダメだ……！」

と、口ではそう言って諭そうとする室長でしたが、一方で男の肉体は正直でした。その股間はムクムクと大きくなり、燃えるような熱を持ってきたのです。

「あ、室長のここ、こんなになってる……」

「い、いや、これは、ち、ちがうんだ……」

いやいや、違わないでしょう。

ここが攻め時と直感した私は、思いきって手を室長の短パンの中に突っ込んで、直接そのペニスを摑んでいました。

「あっ、そんな……倉川さん……ダメだ……」

「ええっ、何がダメなんですか？　こんなに硬く大きくなって……それにとっても熱い！　室長も私のこと、欲しいと思ってくれてるんですよね？」

そして問答無用にしごき立ててあげると、

「あ、う、くぅ……く、倉川さん……もう、僕も……っ！」

とうとう室長も、まるで理性の壁が崩れ落ちたように興奮を露わにし、息を荒らげながら私の服を引きむしるように脱がしてきました。

ブラジャーもパンティも剝がされた私は、負けじと室長の衣服も剝ぎ取って、お互いに全裸になった二人して、もつれ合うようにベッドに倒れ込みました。

「はぁ、はぁ、はぁ、く、倉川さん、本当にいいんだね？　こうなったら僕、もう止められないよ？」

「……はい、そんなのいいに決まってます。ずっとずっと、こうして室長に抱かれたかったんです。私、今、最高に幸せです！」

「倉川さん！」

「ああっ、室長っ！」

室長はむさぼるように私の乳房を吸い、舐めしゃぶりました。もう泣きたいくらいの幸福感に満ちた快感が私を覆い、アソコがカーッと熱くなって、怖いくらいに濡れてくるのがわかりました。早く、早く室長のモノを入れてほしい……私の熱い願望は頂点に達し、自分からペニスを摑み、引き寄せながら叫んでいました。

「室長、ここに……ここに早く……くださいぃ！」

「ああ、倉川さん、入れるよ……ん、んんっ！」

とうとう待望のソレが入ってきたとき、一瞬のきつい圧迫感は感じたものの、話に聞くような破瓜《はか》の激痛はなく、私は室長のペニスの抜き差しの勢いに全身を揺さぶられながら、快感に満ちた幸福感に恍惚となっていました。

そのうち、室長の動きが激しくなってきて……、

「うっ……く、倉川くん……！」

そう叫ぶと、素早くペニスを抜いて、ビュッビュ、と私のお腹の上に射精しました。

でも、すぐにペニスが私の出血にまみれていることに気づいて、

「そうだったのか……すまなかったね」

と、やさしく髪を撫でながら言ってくれました。

「ううん、全然。私こそ、どうもありがとうございました！」

私は人生最高の喜びを噛みしめながら、そう応えていたのです。

■私の全身にからみつく二人の柔らかいカラダの感触が、えも言われず心地よくて……

職場の先輩二人から狙われ女同士エッチの洗礼を受けた私

投稿者　阿川ゆず（仮名）／19歳／クリーニング会社勤務

去年の春、高校を卒業して、県内で店舗を十数軒展開している地元のクリーニング会社に就職しました。

私が配属されたのは、全店舗でお客様から受け付けた衣料品などの品物が一気に集まってくる、中央クリーニング・センターです。そこで、それぞれの品物特性に応じたクリーニング工程が多岐に渡って施されているというわけです。

私の担当はシルク製品を中心とした高級素材のものを主に扱う現場で、特に扱いにデリカシーが求められることもあって、二十数人の作業者のすべてが女性でした。

で、そういう職場だと、やっぱり色々あるんですよねー……女同士ならではの壮絶&複雑怪奇な人間関係が。仕事そのものは大変だけどやりがいがあって全然いいのですが、この女同士の人間関係の軋轢やらなんやらのほうで、神経使いまくってほとほと消耗しちゃってる次第なんです。

でも、そんな中で先輩社員のミカさん（三十一歳）とアキさん（二十八歳）だけは、私が入社したときからすごく親切で、何かと可愛がってくれる、唯一心許せる存在だったんです。

三人でよく恋バナなんかもするのですが、私は当然、まだ仕事を覚えるのに必死で恋愛などしてる余裕などないにしても、ミカさんとアキさんは二人とも美人で、同性の私が言うのもなんですけど、スタイルがよくていいカラダをしているのに彼氏がいないということで、なんだかもったいないな～と思っていました。

でもその後、彼女たちの〝彼氏がいない〟という言葉の裏に思わぬ意味が潜んでいたことを、私は身をもって知ることになるわけです。

ある日の終業後、私が帰ろうとすると、ミカさんとアキさんから、ちょっと話があると言われて、何をそんなあらたまって？　と少し怪訝に思いながらも、結局他の皆が帰っていなくなるまで、待つことになりました。

そして夜の八時過ぎに三人だけになり、私たちはいつも休憩所として使っている部屋へ行きました。

「それで、話ってなんですか？」

私が若干緊張しながら言うと、ミカさんが何やら意味ありげな笑みを浮かべながら言いました。

「うん、ゆずちゃんももうこの会社に入ってほぼほぼ一年よね。で、この間色々つきあわせてもらった結果、うん、大丈夫、ゆずちゃんなら合格よね、っていう結論になったわけ。だから今日はそのお知らせ！」

……えーと、話が見えません。

「あ、あの、合格……ってなんのことですか？　現場での職制とか何か、そういうことでしょうか？」

「あはは、そんなややこしいこと、私たちに決める権利なんかあるわけないじゃない！　合格っていうのは、私とミカさんの正式なパートナーとしてっていうことよ」
パ、パートナー……？
アキさんが答えてくれましたが、ますますもって意味がわかりません。

すると、きょとんとしている私を挟むような形で、左右から二人がにじり寄ってきました。

「ゆずちゃん、とっても可愛いから、私たち、始めから狙って接触してったわけだけど、こういうのってどうしたって適性っていうものがあるから、この一年、ずっとそれを探らせてもらってたの」

「そうそう、で、あらゆる要素を総合的に検討した結果、ゆずちゃんは大いに適性あり！　っていう結論に達したのである……な〜んてね」

とか言いながら、いつしか完全に私を密着サンドイッチしてしまっている二人に、問いかけました。

「その、適性って、いったいなんのことですか？」

すると、二人揃って、

「それはね、こういうことよ〜！」

と言いながら、私に抱き着いてきたんです！

そして、ミカさんが有無を言わさず唇にキスしてきました。

同時にアキさんが、私の首筋を舐め回しながら、胸を揉みしだいてきました。

「んんっ、ぐ、うう……ふぐうぅっ……！」

いきなりの展開に驚愕しながらも、必死で抗おうとした私でしたが、二人とも思いのほか力が強く、どうすることもできませんでした。

そのうち、ミカさんの舌が唇を割って入り込んできて、私の舌をとらえからみつき、ジュルジュルと吸い上げてきて……アキさんの胸の揉みしだきも、より絶妙に強力になって、そんなダブルの攻撃にさらされているうちに、なんだか意識が蕩けるような感じになってきてしまいました。そして、その陶然とした意識の中で、私はようやく、ことの次第に思い至っていたのです。

（ああ、そうか、ミカさんとアキさんってレズビアンだったんだ……そりゃどんなにきれいでも、彼女はいても彼氏なんかいないよね……そして私、めでたくレズビアン適性を認められちゃった、と……そういえば昔から、可愛い女の子にはすぐ目がいっちゃうほうだったなぁ……そうか、私、実はレズだったんだぁ……）

私はもう完全に脱力してしまい、二人からされるがまま。

服を脱がされ素っ裸にされてしまい、同じく全裸になったミカさんとアキさんと一緒に、休憩用のゆったりと大きめのソファの上に倒れ込んでいました。

「ああ、やっぱり若いっていいわぁ。このスベスベして瑞々しい張りのあるオッパイ、最高にたまんない！」

ミカさんがそう言って乳房を舐め回し、乳首にチュウチュウと吸いついてきます。

一方のアキさんは私の両脚を左右に大きく割り開き、思いっきり剝き出しになったアソコにとりすがって、クリちゃんを舌先でコロコロと転がしながら、ワレメの中に指を差し入れ、搔き回してきます。

「あふっ、んああぁ、はっ、ああん……」

もう、喉からは快感の喘ぎしか出てきません。

私の全身にねっとりとからみつく、二人の柔らかいカラダの感触が、もうえも言われず心地よくて……女同士の嫌悪感なんてもう全然なくて、ただひたすらキモチいいだけなんです。

「ふふ、どう、女同士ってサイコーでしょ？」

「そう……出したら終わり、なんていう即物的な男とのエッチと違って、こっちは延々と際限なく楽しめて……一度味わったら、もう抜けられないわよ！」

そう言うミカさんとアキさんに、結局二時間ほども愛し責められ続けたでしょうか。私は何度も何度もイッてしまい、終わったときには完全に抜け殻状態でした。

今でもまだ、自分では完全なレズではなく、いつか男性と結婚するはず……と信じている私ですが、当面はこの女同士のエンドレスな快感関係を続けるのもいいかな、と思っているのです。

■嫌悪感に苛まれれば苛まれるほど、ジンジンと乳首は疼き、アソコがキュウキュウ……

生まれて初めての痴漢体験で知ったヒミツの本当の自分

投稿者　由良真知子（仮名）／27歳／不動産会社勤務

　その日、あたしは新婚さんの賃貸新居探しに一日中つきあわされ、でも結局、どれも気に入らないということで商談は不成立……めちゃめちゃ徒労感のみを抱え、帰宅の電車に乗った。

　で、いつもなら通勤ラッシュがイヤなもので、微妙に時間帯をずらすところを、もうあまりにも疲れすぎていたせいかボーッとしちゃって、よりによって夕方五時半くらいの一番込んでる電車に乗ってしまったのだ。

　ホームに電車が来て乗り込み、いつものようにスマホを見る気力もなくドアに寄りかかって脱力してたら、次の駅に着いた瞬間、どどーっと乗り込んできた乗客集団に押されるまま、車両の奥の奥、連結部分まで押しやられてしまって。

（あ〜もう……でもまあ、下車駅まではまだ三十分ほどもあるから、そのうちなんとかなるよね）

と、開き直ったあたしは、あらためて連結部のドアに寄りかかって目を閉じた。

すると、なんだろう？　少しウトウトしてきたところで、お尻のあたりでモゾモゾとするヘンな感触を感じたのだ。

（え、まさか……痴漢？）

正直、あたしはうろたえてしまった。

混み合ってる電車内での痴漢など当たり前にあると思われるかもしれないけど、あたし、昔から美人だけどキツイ顔立ちって言われて、ほとんどの男から敬遠されてきたっていう経緯があって……そうすると自然に「ふん、男なんて！」みたいなひねくれた気分になっちゃうという悪循環で、そんな〝男を寄せ付けないオーラ〟があるのか、実はこれまで一度も痴漢に遭ったことがなかったのだ。

（それがまさかこんなヘロヘロのコンディションのときに……）

あたし、見た目と雰囲気がキツイだけで、べつに内面は普通のか弱い女なもので、突然突き付けられたこの貞操の（？）大ピンチに、もう心臓バクバク、足元はガクガクという、ヘビに睨まれたカエル状態だった。

そうこうするうち、明らかに〝痴漢の手〟が、スーツのスカートの上から、あたしのお尻のワレメに沿って、ツツツー……と撫でるように動いてきた。それも、何度も何度も執拗に行き来して……。

するると、最初は不安と恐怖しかなかった、あたしのカラダに別の感覚が……そう、えも言われず気持ちよくなってきてしまったのだ。

お尻のワレメへのまとわりつくような刺激が、そのうち前のほう……大事なアソコのほうへと伝わっていって、あたしの肉襞がイソギンチャクのようにヒクヒクといやらしく収縮するのがわかる。そして、じんわりと濡れて熱くなってきて……！

（ああっ、そんな……だめ……あたし、なんで感じちゃってるの？）

あたしはなんだかもうメチャクチャうろたえつつ、それでも、この痴漢の顔を見てやらなければ、と思い、背後に向かって首をねじった。

すると、そこにいたのは典型的なおやじサラリーマンだった。

年の頃は五十歳がらみ。大柄でお腹はパンパンに膨らんで見事に太っていて、しかも頭は禿げあがって、度の強そうな眼鏡をかけている。しかもデブ特有、恐らく自分から発散される熱気でレンズを曇らせているのだ。

正直、あたしが一番苦手なタイプ。

昔、似たような上司にしつこく言い寄られて大迷惑した、実に苦い思い出が……。

つまりは、トラウマ並の相手だったのだ。

そんなのが、背後からブヨブヨの巨体であたしを包み込むようにしながら、下半身を弄んでいる……思わずゾクゾクするような怖気が全身を走った。

（やだ、あたし、初めての痴漢体験が、よりによってこんなヤツだなんて……せめて、もっとイケメンだったらよかったのに……）

普通、イケメンは痴漢なんかしないだろうけど。

それにしても、自分でもまったく抵抗できないことにびっくりした。体も声も、完全に固まってしまって、もうどうしようもないのだ。

今まで、もし自分が痴漢に遭ったら、絶対に怒鳴りまくって蹴倒してギタギタにしてやる、なんて思ってたけど、現実にはそんな簡単なものじゃなかった。

という具合に、まったく抵抗できないあたしの様子に気をよくしたのか、痴漢オヤジはさらに行為をエスカレートさせてきた。

あたしのすぐ背後のうなじのあたりでハァハァと息を荒らげながら、下半身に触れているのとは別のほうの手で、後ろから胸をワシワシと揉みしだいてきたのだ。

実はその日、あたしはいつものかっちりとした普通のブラジャーではなく、機能性重視のわりとヤワなカップ付きキャミソールを身に着けていたものだから、その揉みしだきの刺激が、それはもう限りなくダイレクトに伝わってきてしまって……。

（あ、ああっ、ちょっ……あうぅ、だ、だめぇ……）

思わずクネクネと身をよじらせて悶えてしまった。

そんな反応が、またさらに痴漢オヤジをいい気にさせてしまったようだ。

ヤツは片手で胸を、もう片手で下半身をいじくりながら、ベロリとあたしのうなじから耳朶にかけてを舐め回してきたのだ。

（あぁっ、や、やめてぇ……き、汚い……臭い……やだぁ、こ、こんなみっともないオヤジに、こんなことされるなんてぇ……！）

もう最高に気色悪かったのだが、カラダの反応は驚くことに真逆だった。

いやだ、気持ち悪い、やめてぇ、と嫌悪感に苛まれれば苛まれるほど、ジンジンと乳首は疼き、アソコがキュウキュウとよがり啼いてしまうのだ。

そうか、あたし、実はドＭだったんだ！

汚され、辱められるほど、その被虐感に悦びを覚えてしまう因果な女だったんだ……知られざる自分の性癖に気づいた瞬間だった。

いつしか痴漢オヤジの手は完全にパンストの上から、あたしのアソコを揉み込み、弄び、情け容赦のない快感が襲いかかってきた。

（あ、ああ、もうダメ……イク、イキそう……っ！）

限界だった。

あたしはドアと痴漢オヤジに挟まれて、どうにかくずおれずにすんでいる格好で、声を殺して絶頂に達してしまっていた。

その後、次の駅で痴漢オヤジは降りていった。

それは、色んな意味で衝撃的体験だった。

生まれて初めての痴漢体験に加えて、これまで知らなかった本当の自分を知らしめられて……今後の生活が、ちょっと楽しくなるかもしれないと感じさせてくれた、二十分ちょっとだった。

第三章 とろけるOLたち

■私はいよいよ本格的に喉奥までチン○ンを呑み込むと、片手はタマタマに……

白昼のオフィスのデスクの下でフェラ&オナニー三昧！

投稿者 波川春奈（仮名）／24歳／文具メーカー勤務

私、課長とつきあってるの。

課長は三十二歳で、もちろん結婚してて子供だっているわ。

でも私って、昔からいったん好きになると、もうガマンできなくって、絶対に相手を自分のものにしなくちゃ気が済まなくって。

で、ある日いきなり告っちゃって、課長のほうもOKしてくれたってわけ。

そんな感じで、私と課長は月に二～三回の割合で、会社の終業後、もっぱらラブホに行っては不倫エッチを楽しんでる。ほんとはこの〝不倫〟って言葉、あんまり好きじゃないいんだけど……だって、向こうは妻子がいるからイケナイことかもしれないけど、私のほうは完全フリーだもの。こっちが罪悪感持つ必要ないじゃない？

でもその日は、なんだか急激に、無性にムラムラしてきちゃって、私、仕事が終わるまで待つなんてできなかったのね。

だから、十二時になって、同じ課の皆が外にランチを食べに行ったところを見計らって、彼におねだりしちゃった。

「ねえ、課長、あたし、なんだかもうムラムラしてきちゃってガマンできないの！　おねがい、チン○ンしゃぶらせてぇ！」

「ば、ばか、おまえ何言って……！　他の連中、昼メシ食いに行ったけど、いつ帰ってくるかわからないんだぞ？　もし真っ最中に帰ってきたりしたら……？」

「うふふ、大丈夫、大丈夫！」

課長、さすがに引いてたけど、私はそんなの全然気にしない。

思い立ったが吉日ってね！

私はゴソゴソと課長の座ってるデスクの下に潜り込んで、問答無用でそのズボンのチャックに手をかけて、ジーッと引き下ろしちゃった。

「ちょ、おい、やめろって……！」

この期に及んでまだビビってる課長だったけど、私がピッタリしたボクサーパンツの股間をサスサスって撫でてあげたら、

「うっ……んん……」

って声を詰まらせて、身悶えしだしたわ。

彼も根はスキモノだから、こうやってちょっと煽ってやればイチコロ、ほんとチョロイもんよね。

私はデスクの下、事務用チェアに腰かけた課長の前にペタンとベタ座りして、ボクサーパンツの前開き部分からチン○ンを引っ張り出すと、それをコネコネとしごきながら、亀頭をパクンと咥えてあげた。

そして、口の中にたっぷりと唾液を分泌させながら、笠部分のくびれを締め上げるようにして、ちゅくちゅくと舐め吸って。

「う、うう……んんっ……」

課長の悶え声がさらに高まって、私の口の中でチン○ンが見る見る硬く、大きくなっていく。

そして、とうとう完全勃起。

いつもながら見事な反り返りぶりで、立派な高級バナナも真っ青！

私はそのいやらしいカーブに沿って、舌を上下に這わせて何度も行ったり来たりさせて……とうとう表面に太い血管が浮き出してきたかと思うと、ビクビク震えて……先端から滲み出した先走り液が、たらたらと垂れ滴って。

「はぁ……あふ、お、おいひぃ……」

私はそのいやらしいしずくを舐め啜りながら、思わずそう口走っちゃう。彼のちょっと苦みの強いこの味が、ほんと大好きなの。

私はいよいよ本格的に喉奥までチン○ンを呑み込むと、片手はタマタマに、もう片手はスカートの奥の自分の股間に差し入れて、ディープスロートで濃厚にフェラチオしながら、タマタマをコロコロ、コリコリ。同時にパンストの上から自分のアソコをキュウキュウと押し込むようにしてオナニーを始めてた。

「んぐふ、ふぅ、うぅぐぅ……」

じゅっぽ、ずっぽ……とフェラの出し入れの音。

チュクチュク、ヌチュゥ……と、私のアソコの濡れたシズル音。

いやらしい声と音に包まれながら、どんどん快感が高まってきて……。

と、そのとき、

「ただいま戻りましたーっ」

なんとさっきランチに出ていったうちの一人、ユキがもう戻ってきちゃった。まだ十五分くらいしか経ってないのに！

「なんかあんまり食欲なくて、あたしだけ残して先に帰ってきちゃいました〜」

彼女、あっけらかんとそう言いながら、課長のすぐ前の自分のデスクに着席しちゃって。いやまあ、私の姿が見えることはないんだけど。

「あ、ああ、お……お帰り……」

あきらかに課長が動揺してるのがわかったけど、私のほうは逆になんだかすごい興奮してきちゃったりして。

だって、課長のスチールデスクの背面板を間に挟んで、座り込んでフェラチオ&オナニーしてる私のすぐ後ろに同僚のユキがいるのよ？　これでヘンな物音や声を出そうものなら、すぐにばれちゃうんだから……！

う～ん、このスリル、たまんな～い！

私は、一瞬萎えかかった課長のチン○ンを、さらに追い込むようにフェラのストロークを上げて再び奮い立たせ、自分のアソコを責める指の動きにもがぜん激しさを加えてた。

「あれ？　課長、なんかヘンな汗かいてますけど、大丈夫ですか～？」

ユキが目ざとく課長の複雑な表情をとらえて突っ込み、

「え、ええ？　あ、ああ……全然大丈夫だよー……ハハ、なんかここ暑いよね？」

「ええーっ、そうですか～？　あたし、空調が寒いくらいだけどな～」

ある意味、二人の間で地獄のような（笑）会話が交わされて。

自分の頭越しに飛び交うその会話を聞きながら、私のフェラと指のスピードはどんどん速まっていって……ああ、くる、くる～～～！

次の瞬間、私の口の中で課長のチン○ンは物の見事に炸裂し、口内いっぱいに白濁液が溢れ出してた。

（ああっ、あ、あたしも……イ、イク～～～ッ……！）

私はデスクの下で、腰をひくつかせながらイキ果てちゃってた。

いや～、なんだかとてつもなくキモチよかったな～。

「ふあ……あ、ああ……」

射精の瞬間、たぶん惚けたような顔をしてたのだろう。

「課長ったら、なんだかヘンなの。魂が抜けたような感じですよ～？」

ユキの声を聞きながら、私は笑いをこらえるの大変だったんだから！

■義兄の熱くくぐもった呻き声とともに、濡れたアソコに強烈な異物感を感じ……

義兄に夜這いをかけられ生まれて初めて知った女の悦び

投稿者 羽田沙也加（仮名）／30歳／銀行員

私がまだ幼い頃、母が病気で亡くなり、その後、父はまわりの勧めもあって再婚しました。新しい母親になった女性はとてもやさしく、私のことを本当のわが子のように愛してくれて、ほどなく私は、まだ小さかったこともあって、実母を亡くした悲しみを忘れることができたのです。

その継母には私より二才年上の連れ子の男の子がいました。

私の義兄となった彼は名前を直人といい、初めて顔を合わせたときは、お互いに恥ずかしがってしまい、今思い出しても思わず顔がほころんでしまうような愛らしい光景でした。

でもまさか、そんな二人があんなことになってしまうなんて……。

私が高一、義兄が高三のときのことでした。

義兄は思うように学校の成績が上がらず、このままでは志望の大学は難しいということで、日々思い悩んでいるようでした。いつもふさぎ込んでいて、私たち家族とも満足に話そうともせず、家の中はピリピリしていました。

そんなある日、継母の親族に不幸があり、父と二人、夫婦でその葬儀に参列するために一晩家を空けることになりました。

継母は義兄がそんな調子だったもので、私と二人だけで家に残していくのは少し不安だったようですが、私も「平気、平気！」と明るく答え、父も「大丈夫さ。もう子供じゃないんだから」とのんきに言うものだから、渋々という感じで家を出ていきました。今思えば、そんな父の『子供じゃないんだから』という一言が、その後、私と兄の間に起こったことに皮肉な彩りを与え、なんとも複雑な気持ちです。

父と継母の再婚後、初めて兄と二人だけで過ごす夜を迎えました。

私が一生懸命明るく話しかけても、相変わらず義兄は満足にしゃべらないものだから、結局二人してぼそぼそとコンビニで買ってきた晩ごはんを食べ、その後十時を回ったところで、私はシャワーを浴びてパジャマに身替え、二階の自室に上がりました。

「お兄ちゃん、おやすみ」

そう声をかけても、返事はありませんでした。

そして私はベッドに入り、音楽を聴いたり、本を読んだりしていたのですが、十二時近くなったところでウトウトしてきたので、電気を消して目を閉じました。

すると、それからどのくらい経った頃でしょう。

私は半分寝入りながら、何やら異常を感じていました。

全身が妙に重苦しいのです。呼吸も圧迫されていました。

（え？　な、何？　なんなの……？）

暗闇の中、私は動揺し、恐怖に包まれていました。

ようやく暗闇に慣れた目の中、すぐ眼前に義兄の顔がありました。

「お、お兄ちゃ……っ……！」

驚いて声をあげようとした口は、すぐに義兄の手によってふさがれてしまいました。

「んんっ……むぅ、んぐ……！」

それでも必死で呻き、体にのしかかった義兄の重圧から逃れようともがいたのですが、三年になって引退するまでラグビー部で鍛えたその強靭な体はびくともせず、私のあがきは、ただ自分の体力を消耗させるだけでした。

しかも、そんな肉体的プレッシャーのみならず、そのときの義兄の目の中に宿っていた異常な光の戦慄といったら……ギラギラした獣のような迫力と、背筋が冷たくなるような狂気がないまぜになったその眼光に射すくめられ、私は精神的にも完全に追い詰められ、ただただ沈黙するしかなかったのです。

「はぁ、はぁ、はぁ、はぁ……」

義兄は息を荒らげながら、私の首筋に顔を埋めるようにすると、力任せに強く吸引してきました。

「んく、ふぅ、んぐぅふぅ……」

私はその痛さに思わず呻きました。

でも義兄は、そんなこと気にもとめず、さらに今度は私の口をふさいでいるのとは反対のほうの手で、荒々しく私のカラダを撫で、揉み回してきました。

当然、就寝の態勢に入っていた私はブラジャーなど着けておらず、薄手のパジャマもろともモミクチャにされた乳房が、その痛みに悲鳴をあげました。

それほど発育のいいほうではなかった私の乳房は、まだその膨らみも緩やかで固く、乳首もまだまだ青い蕾のようでした。

「んぐぅ、んんっ、ぐぅ……うううっ……！」

たまらず涙が出てきました。

そこで一瞬、義兄も私の様子に気づいて躊躇する素振りを見せましたが、結局一度暴走を始めた勢いは止まらないようで、さらに乱暴になって私のパジャマをむしり取ってきました。そして今度は、さっきの首筋への吸引に負けないくらいの強さで、私の乳房に吸いついてきたのです。

薄桃色のまだ固い乳首が、義兄の少し分厚めの唇によって引き絞られるように吸われ、激痛が私を襲いました。同時に無理やり控えめな乳房が揉みしだかれ、その痛みも合わさって、苦悶はもうハンパではありません。

「んうっ、はぁ、はぁ、はぁ……ああ、沙也加ぁ……あふぅ……」

「んぐぅ、んっ、んっ、っぐうぅぅ……！」

それでも、しつこく、入念に乳房を揉まれ、乳首を吸われているうちに、いつしか私の肉体の反応に変化が生じてきました。

刺激に耐性がついてきたようで、いつの間にか痛みを感じなくなり、今度はそれに代わってムズ痒いような妙な感覚が生じ……そして、とうとうそれが心地いいものに変わっていったのです。

「んっ、んふ……う、ううう、んうう……」

自分の声に甘い響きが混じるのがわかりました。

と同時に、下半身が……アソコがキュ～ッとするような不思議な感覚が押し寄せてきて、次の瞬間、じゅわっと熱い汁気が噴き出すのがわかったのです。

正直、それまで私は本格的なオナニーはまだ未経験で、そんな感覚はまさに初めての体験だったのです。いったん熱く湿ったソコは、その後さらに、その昂ぶりを増していくだけでした。

気づくと、目の前、私のお腹の上に馬乗りになった義兄が膝立ちになっていて、その股間から突き出したペニスが、先端を透明なしずくで濡らしながら、私のことを見下ろしていました。その勃起具合は凄まじいもので、義兄のおへそにつかんばかりに凶暴に反り返っていました。

いつの間にか私の口をふさいでいた手は外されていました。途中、私の反応の変化に気づいた義兄が、もうその必要はないと判断したのでしょうか。

（ああ、いよいよ入れられちゃうの……？）

そう思った私でしたが、それは実は恐怖ではなく、正直、期待のニュアンスをまとった心の声でした。どうやら、義兄は完全に私の中の〝オンナ〟を目覚めさせてしまったようでした。

「ああ、沙也加ぁ……はぁ、はぁ、はぁ……ん、んんん……」

義兄の熱くくぐもった呻き声とともに、濡れたアソコに強烈な異物感を感じました。硬く太いソレは、私の幼い肉門をミチミチと押し広げ、内側の肉壁いっぱいいっぱいに満ちると、ヌチヌチと淫靡な肉ずれの音をたてながら抜き差しを繰り返しました。最初、もちろん喪失の痛みはありました。再び涙が出るような苦痛でした。でも、そのあと間もなく、それはたまらなく気持ちいいものへと変わっていったのです。私は両脚を義兄の腰に巻き付けて、その快感をむさぼっていました。

「ああっ、はぁ、お、お兄ちゃぁん……あはっ、あ、あ、あっ……！」

「あ、沙也加、沙也加、沙也加ぁっ……！」

私は人生最初の絶頂とともに、義兄のほとばしるような熱い放出を胎内奥深くで受け止めていました。

それから義兄は、受験のムシャクシャで魔がさしてしまったと謝ってくれましたが、正直、私に怒りの気持ちはありませんでした。いやむしろ、嬉しかったくらいで。

その証拠に、今でもたまに、私から誘って義兄との関係を続けているくらいなのですから……。

■さゆみが彼の股間に顔を埋め、あたしが彼の顔の上にまたがってアソコを口に……

仲良しインラン女豹二人組の逆ナンパSEX大作戦！

投稿者　中下まゆら（仮名）／21歳／工場勤務

あたしと同僚のさゆみは、入社同期で大の仲良し。

食べ物にしても洋服にしても、聴く音楽なんかにしても好みがばっちり同じなものだから、プライベートでもしょっちゅう一緒に遊んじゃってます。

そして、もちろん男の好みも同じだったりするので、時にはこんなことも……。

先月の給料日は金曜だったもので、あたしとさゆみは、

「じゃあひとつパーッといきますかー！」

と盛り上がって、仕事終わりに二人で街へ繰り出しました。

前から行きたいねって話してたイタリアンのお店でたらふく食べて飲んで、い〜感じで出来上がってきたところで、

「じゃあ次はカラオケ行こ〜っ！」

ってことになって、某大手カラオケ屋さんに行ったんだけど、さすが花金（死語？）、

けっこうな人数が順番待ちしてて、げ～ってなったわけ。ところが、ふと自分たちのすぐ前に待ってる男性二人組を見たら、あたし、がぜんキラ～ンってなっちゃった。だって、そのうちの一人のほうがメチャクチャ好みだったんだもの！

でもそこでハッとして、さゆみのほうを見たら、まさに彼女も私と同じ相手を見てキラ～ンってなってるところだった。やっぱり目のつけどころは同じだった……。

こうなるともう以心伝心？　あたしとさゆみはどちらからともなく彼らに声をかけて、よかったら一緒に歌いませんか？　って誘ってたんです。

え？　余ったもう一人の男のほうはどうするんだって？

そんなのなるようになるしかないでしょ？　そんなつまらないことをいちいち心配してたら、自分の欲しいものは手に入れられないってものよ。

案の定、向こうは二つ返事で乗ってきて、一緒に歌うことになりました。まあ、あたしもさゆみもけっこうイケてるほうだから、ちょろいもんよ。

で、そこでもバンバンお酒入れながら、さんざん歌い騒ぎまくって、いや～、もうチョー楽しかったな～っ！　でもそのうち、そろそろ時間ですってコールがきて、さあ延長するか場所を変えるかって話になったんだけど、向こうの〝イケてないほう（失礼！）〟の彼が、なんだかもう飲み過ぎて気持ち悪いって……もう帰るって言いだしたんです。

あたしとさゆみは内心では「マジ？　ラッキ～～ッ！」って狂喜しながらも、口では「大丈夫～？」って、さも心配そうなこと言いながら、それでも頑としてお開きはナシ、自分たちと残った〝イケてるほう〟の彼とで遊ぶって言い張って、見事口説き落とすことに成功したっていうわけです。

それから、イケてないほうの彼をタクシーに乗せて見送ったあと、あたしとさゆみは、もうこれっぽっちも躊躇しませんでした。

イケてるほうの彼をまんまとホテルに連れ込んだんです。

実は彼のほうも、最初からあたしたちが自分狙いだってことに、どうやら気づいていたみたいで、そうなるともう話は早いってものよね。

順番でちゃちゃってシャワーを浴びたあとは、三人一緒にベッドイン！

白状すると、あたしとさゆみと男の三人で３Ｐするのは、これが初めてじゃなくて……う～ん、四回目くらい？　だもんで、もうある程度〝快感の方程式〟が出来上がっちゃっていたんです。

まず、彼を間に挟む格好で濃厚なキス合戦が始まりました。

彼の唇の両端から二つの舌が忍び寄って、チロチロとまさぐりながら、割り開いて中に入り込んでいきます。そして、歯も歯茎も口蓋も、口中のあらゆるところをレロレロと舐め回したあと、満を持して彼の舌をとらえからめ取って、ジュルジュルと三人の唾液を集結させ、たっぷりと分泌されたところで、吸い飲み合いながら、一方でわざと口内から溢れ出させて、ダラダラと滴り落ちさせていって……皆の顎から首筋、そして鎖骨から胸元にかけてへと、ヌラヌラ、テラテラと大量の唾液で濡れまみれていきます。

「ああ～っ……君たちのコンビネーション、すごいね～！　なんだかもうこのキスだけで、俺、ビンビンになってきちゃったよ」

彼が言い、見ると本当にその股間のモノが怖いくらいに勃起しちゃってます。

あたしとさゆみは目を見合わせてアイコンを交わすと、

「ふふっ、まだまだこんなもんじゃないわよ～……」

あたしが言って、その一言を合図に、今度はさゆみと同時に顔を下のほうに下ろしていき、左右から彼の乳首を舌と歯で愛撫しながら、手を伸ばしてあたしは竿を、さゆみはタマを揉みました。

そしてあたしは、もう既に先端から滲み出してきてたガマン汁を全体に塗り延ばしながら、それを潤滑油のように使って彼の竿をニチュニチュとしごき上げてあげました。同時にさゆみのほうも、彼のタマの袋を手のひらに包み込み、それをコロコロ、ムニュムニュ……時に激しく、時に柔らかに揉み転がして愛撫していきました。

「ううっ……んん、んはぁ……ああ、あ、ああ……！」

たまらず、彼の喜悦の声がいきなり切迫感を増していきました。

それはそうでしょう、いろんな意味で仲良しのあたしとさゆみの息の合い方は筋金入りです。それぞれバラバラだと普通の快感に過ぎないものが、二人合わさることで三倍……いや四倍の快感に増幅されるんです。

これが本当のコンビネーションっていうものです。

続いて、さゆみが彼の股間に顔を埋め、あたしが彼の顔の上にまたがってアソコを口に押しつけました。そろそろ、あたしたちも気持ちよくしてもらわないとね。

さゆみが得意の濃厚なフェラテクでモノを責め立て、快感のツボを突くたびに、彼はビクビクと体を震わせながら、それでも一生懸命にあたしのアソコを舐め啜ってくれます。あたしは全身をエビぞらせながら、その快感に悶え喘ぎました。

「ああっ、はぁ、あっ、あっ、あっ……はあん！」

「ああん、もう私もたまんなーい！　ちょっとまゆら、交替、交替！」

さゆみの懇願に応えて、あたしと彼女はポジション交替、今度はあたしが彼のモノを咥えて、さゆみが彼の顔の上で腰をくねらせて……。

三十分以上もそうやって、三人目まぐるしくくんずほぐれつしたあと、いよいよクライマックスに向かって、あたしたちは走り出しました。

「さあ、あなたももう、いい加減イイ思いしたでしょ？　今度はあたしたちを思いっきり感じさせる番よ！　いい、休んじゃダメだからね！」

さゆみがそう言うと、勝手知ったるあたしは彼女と同時にベッドに仰向けに横たわりました。そして彼に、交互にあたしたちを突きまくるように命じたんです。

だいたい一～二分突いたらターゲットを替えて、また一～二分突いたら交替して……と、二人合わせて三十回りくらいはしたでしょうか。

ピストン運動の労力に加えて、相手を替えるたびの、たとえ距離は短いとしてもその移動の手間と疲労がどんどん蓄積していって、さらに昂ぶってくる性感のせいで、いよいよ彼がいっぱいいっぱいになって、泣き言を言ってきました。

「ああ、も、もう、勘弁してくれよ～っ……俺、限界だよ～！　頼む、もう終わりにしてくれ～！　あうう、う、うくぅ、くぅぅぅ～……」

「は、はぁ、ああ、ど、どうする、さゆみ、彼、ああ言ってるけど？」

「はふ、ふぅ、ああん……そ、そうね、もうそろそろ、私たちもいい感じかも？　もう終わりにしてあげようか……？」

あたしたちのコンセンサスもとれたようです。

「じゃあ、いいわよ、イッても……さあ、きて……きてぇ……！」

「ああん、はぁ、ああ、はふぅ……ああああっ！」

「あ、ああ、イク……イク、イキます～～～～っ！」

結局、彼はあたしからさゆみへとインサートを移動させてる途中で、シーツの上にドピュドピュッ！　ってまき散らしちゃいました。

あたしとさゆみはそれを見て、「あ～あ……」って思いながらも、二人ともイクことができて、それなりに満足を得ることができたんです。

あたしとさゆみ……二人の女豹（笑）の次の標的になるのは、あなたかも知れませんよ？　なんちゃって！

■相手はズンズンと激しいピストンを繰り出し、私もそれを、もっともっとと……

無人のマンション内に響き渡るレイプ快感スクリーム！

投稿者 野島里佳子（仮名）／26歳／翻訳家

大学は出たものの、人間関係で大きなトラブルに見舞われて心を病んでしまい、結局就職できず。今はほとんど自宅マンションに引きこもる形で、出版社に勤める先輩が回してくれる英語翻訳の仕事で細々と生活しています。

その先輩はいつも、

「里佳子、せっかく美人なのに対人恐怖症だなんて……難儀っていうか、もったいないっていうか……まあ、翻訳スキルはばっちりだから、私としても助かってはいるんだけど。早く社会復帰しなよ」

とか言ってきますが、なかなか外の世界と接する勇気がなくて。今の時代、大抵のものがネット通販で間に合わせられるので、ほんと助かってます。

でも、実はついこの間、そんな私の孤立生活ゆえのとんでもない事件が起こってしまったんです。

私が住んでいるマンションは独身女性専用の賃貸物件で、間取りはすべて八畳の１ＬＤＫ。住人のほとんどがＯＬさんや大学生という話ですが、なにせ私、他の皆さんとまったくの没交渉状態で、隣りの部屋の人の顔だって知らない有様です。

そして、そんな状況の中でお盆シーズンを迎えました。

今年は八月十一日が土曜日ということで、世間一般的には十五日の水曜日あたりまでがお盆休みという感じでしょうか。三階建てのマンションは全十二部屋あるのですが、どうやら私以外の人は、田舎に帰省したり夏休みの旅行に行ったりと、皆さんお留守になってしまったようでした。

しかも、私は最上階三階の一番奥の角部屋ということで、なんだかその孤立感たるや、ひとしおでした。

十二日の日曜日の夜、私はパソコンに向かってイギリスのロマンス小説の翻訳作業に当たっていました。普段はあまりこういうジャンルのものは手掛けないのですが、先輩からいつもの翻訳家がスケジュールいっぱいで頼めなくて、今回だけ特別ピンチヒッターで！　と頭を下げられたものだから仕方ありません。

で、翻訳を進めながら、私、その小説の内容にかなりの衝撃を受けていました。

その……とっても過激だったんです……エッチ描写が。

失恋して避暑地に傷心旅行に行った都会の若い女性が、そこで知り合った野性的な男性と恋に落ちて、というお話だったんですが、都会の男とは違うそのたくましい肉体の魅力と圧力に押しひしがれ、際限のない快楽に溺れていくという描写が、とにかくハードで濃厚で……私、もちろん処女ではありませんが、ここ数年、男性との接触がなかったこともあって、なんだかやたら興奮してしまったんです。

だから途中でついつい、キーボードを打つ手を止めて、自分でアソコをいじくって……オナニーに耽ってしまったんです。

そして、あともうちょっとでイク、というまさにそのときでした。

玄関のチャイムが鳴り、慌てて出ていって訪問者を確認すると、宅配便業者の男性でした。私はそういえば、田舎の母がお米とか何やらを近々送るって言ってたことを思い出し、てっきりそれだろうと、ドアを開けていました。

ところがその瞬間、相手は玄関に土足で上がるや否や、大柄な体躯で私の体をズイズイと押しやり、奥の八畳の部屋へと連れていかれてしまったんです。

もう何が何やらわからない状態の私でしたが、あらためて見ると、相手の服装は宅配便業者〝らしき〟ものにしかすぎず、偽物であることがわかりました。

「いやっ、やめて！　やだっ、きゃあぁっ！」

私は力の限り叫びましたが、相手はまったく臆しませんでした。

「このマンションにいるの、あんた一人だってことはお見通しなんだ。しかもここ、すごい防音もしっかりしてて……いくら大声あげたって、誰にも聞こえやしないよ」

と、不敵な笑みを浮かべながら言い、力任せに私を床に押し倒してきました。

「えっ、あ、ああ……え、ええっ……？」

私が思いがけない相手の言葉に、さらに混乱していると、

「あんたのこと見かけてすげぇ気に入って、色々調べて、ずっとモノにできるチャンスを窺ってたんだ。で、ようやく今日……な？」

私に覆いかぶさって、上から見下ろしてくる相手の顔を見ると、年の頃は三十歳くらい、決してイケメンとは言えないけど、野性的な雰囲気はそれなりに魅力的ともいえるものでした。そう、あの小説の中の相手のように……。

でももちろん、見ず知らずの相手にそう簡単に犯されるわけにはいきません。

「だ、だめっ、やめてぇ……やめてったらぁ！」

私はそう言って抗ったのですが、相手は意に介するふうもなく、すでにリラックスしてブラを外し、Ｔシャツ一枚だった私の胸を荒々しく揉みしだきながら、ジャージ下とパンティの中にグイッと手を突っ込んで、アソコに触れてきました。

私はしまった、と思いました。だって、ソコは……！

「おやぁ？　なんだ、なんだぁ？　オマ○コ、もうこんなにグチャグチャに濡らして……反応、早すぎね？」

……だってソコは、ついさっきまで自分の指で掻き回してて……なんて言っても、何の言い訳にもなりません。相手にとっては、そこに濡れたオマ○コがある、ただそれだけなのですから。

「へへっ、あんたも相当飢えてたんだね、あんなちょっといじくったくらいで、こんなにしちゃうなんて……でも、俺も嬉しいよ。ほら見てよ、チ○ポ、もうこんなにギンギンだぜ。さあ、これからお待ちかねのコイツをぶち込んでやるからな！」

相手は喜々として勃起したペニスを振りかざし、私の下半身を裸に剝くと、アソコに深々と突き入れてきました。

それは相当太く長く、そして硬いイチモツでしたが、挿入の痛みのようなものはまったくなく、いきなり快感が全身を貫きました。

「あっ、はぐっ……んんっ、ふはぁ、あああっ！」

「おおう、いいぜぇっ！　チ○ポにミチミチからみついてきやがる……この抜群の吸着力、あんまり使い込んでないマ○コだな……くぅっ、締まるぅ！」

相手はズンズンと激しいピストンを繰り出し、私もそれを、もっともっとと貪欲に受け入れて……ほどなく失神しそうなほどの絶頂を迎えていました。相手が私の中に吐き出した精液の量も相当なものでした。

「ああ、あんた、マジよかったぜ。ありがとうな」

相手は、爽やかとも言える口調でそう言い残し、去っていきました。

その後、このときの快感の余韻冷めやらぬまま、どうにか翻訳を仕上げて先輩に渡したのですが、一読、

「これ……なんだかエロ描写がリアルで、鬼気迫るものがあるなぁ……里佳子、こっちのジャンルの才能もあったんだね。今後、また仕事お願いするかも」

と言われてしまいました。

突然の闖入レイプ体験が仕事の幅を広げてくれるかもしれないなんて、世の中、何が起こるか、ほんとわかりませんね。

孤立生活も悪いことばかりじゃないみたいです。

■アタシは専務の顔の上に馬乗りになって、剝き出しのオマ〇コでその口をふさぎ……

重役との愛人契約で淫らな女王様へと変貌するアタシ

投稿者 三好佳奈（仮名）／24歳／製紙メーカー勤務

自慢じゃないけど、うちの会社って給料ちょー安くって、こんなんじゃあ好きなものなんて全然買えないし、美味しいものも食べられない。

だからアタシ、えら～い重役の人と愛人契約結んでます。

Y専務は六十二歳で、向こうからアタシのこと見初めてきて、こーゆー関係になりました。アタシ、見た目がちょっと派手な元ヤン気味でキツそうに見えるもんだから（いやまあ、中身もどっちかっていうとそのとおりなんだけど……）、正直、今どきの草食系男子からのウケはあまりよくなかったもんで、けっこう意外だったんだけど、専務に言わせると、だからこそよかったんだって。

その意味は、愛人契約初日の逢引きですぐにわかることになりました。

専務が定宿にしてるっていう、それなりに高級なホテルの一室がその舞台。

部屋に入ったところで、アタシはまず身ぎれいにしなくっちゃって思って、シャワーを浴びようとしたんだけど、専務がそんなのはいいって言って。

今日一日、一生懸命働いて、汗と垢にまみれた君がいいんだって。

げ～っ？　いや、正直そんなに働いてないから自分では大して汚れてないとは思うけど……このオヤジ、何言ってんの～？　ってかんじ。

そして、あらためて専務がアタシに命じてきたことは……。

私の女王様になってください！

そして、愚かな奴隷の私に思いっきりお仕置きしてください！

……だと！

そっか、専務ってそーゆー趣味だったのね？

だから、情け容赦なく自分をいじめてくれそうな、いかにもキツそうな感じのアタシに白羽の矢が立ったっていうわけか～……なっとく！

それならそうと、アタシも腕が鳴るっていうものよ。

いや別に、女王様経験があるとか、そーゆーんじゃないんだけど、アタシたちをいつも安月給でこき使ってる会社のお偉いさんを堂々といたぶれるなんて、スカッとできそうじゃない？

アタシは専務が用意してきた黒いレザーのブラとパンティに着替えて、仕立てのよさそうなスーツを脱いで情けない裸をさらした専務の前に立ちはだかりました。ヒールの高い靴はそのまま履いて。

そして、専務がそれでいいって言うから、例の、いつものウップンをそのままぶつける形で専務をいたぶり始めたんです。

くっそ～っ、自分らだけいつもいいモンたらふく食って、こんなに醜くブクブク肥え太りやがって！　アタシらが給料日前はカップめんでなんとかしのいでるっていうのに……ごるあぁっ、聞いてんのかーっ？

そう怒鳴りながら、四つん這いになった専務のナマっ白い尻肉に、ヒールの先端をギリギリと食い込ませてやりました。

あひぃ……お、お許しを～、女王様ぁ～っ！

専務の苦悶に裏返る声は、やっぱりどうにも嬉しそうで、そのドMな変態っぷりが窺えました。最近めっきりまともに役に立たないんだよ～とこぼしていたオチン〇ンも、心なしか元気になってるみたい。

アタシはさらにギアを入れて、専務の背中の上に馬乗りになると、靴を片方脱いでそれを手に持ち、今度はヒールの先端をアナルにねじ込んでやりました。ちょっと強引にやりすぎて少し血が出ちゃったけど、専務はかなり悦んでるみたいだから、ま、いいよね？

うぐっ……ぬふぅ、ううっ……ああ、あ、女王様ぁ……！

ほらほら、もうイッちゃいそうなくらい声が上ずっちゃってる。

アタシは手加減なく、さらに強引にゴリゴリとアナルの中でヒールをえぐり回し、同時にすぐその下にある玉袋をギチギチと握りこめてやりました。

あひっ、ひぃ、ひいいっ……じょ、女王様ぁ……あ、ああ、あああぁ……！

専務はそう咆哮しながら、とうとうグシャッて床につぶれちゃって。

恍惚とした顔しながら、今度は仰向けになってアタシに言ってきました。

女王様、もっと……もっとキツイお仕置き……お、おねがいします～！

マジか！

アタシは専務のますます勢いを増す、そのド変態っぷりにあきれながらも、だんだんと楽しくなってきてしまいました。

と同時に、なんだかこっちまで興奮してきてしまっている自分を意識していました。

うそ、なんでアタシまでこんな……？

そっか、アタシってば単にキツい性格なだけじゃなくて、相手を肉体的にいじめることで快感を覚える、ドSの変態女だったんだ！

人間、いくつになっても新しい自分の発見ですね（笑）。

アタシはまた靴を履き直して、床に仰向けに寝そべった専務を見下ろしながら仁王立ちすると、片足を高々と上げ、一気に踏み下ろしました。そう、今や六割がたの勃起状態にある専務のオチン〇ンに向かって。

ゴリ、グニャッ……という何とも言えない感触とともに、ヒールがオチン〇ンの先端、亀頭の部分を押しつぶすように踏み抜き、そのまま、タマタマのほうまでズリッとえぐりつぶしました。

ひぎゃっ……はぁっ、んぐあっ、あぎぃ……ぬはぁあっ……！

その声だけ聴くとまぎれもない断末魔ですが、相反してさらに八割がたの勃起状態を示しているオチン〇ンが、専務が最高に悦んでる証拠です。

アタシもいよいよたまらなくなってきちゃって、レザーのパンティをかなぐり捨てると、専務の顔の上に馬乗りになって、剝き出しのオマ〇コでその口をふさぎました。

ああん、アタシがいいって言うまで舐めるのよ～！　いいわね～？

は、はひ……ひょほうはまぁぁ（は、はい……女王様ぁぁ）！

アタシは、オマ〇コの中でウネウネと蠢く専務の舌の快感に身悶えしながら、思いっきり爪を立ててオチン〇ンをしごいてやりました。

すると、とうとう立派に完勃ちしてきたんです！

アタシはもう自分の快感のことしか考えられなくなっていて、さっさと立ち上がると、勝手に騎乗位で専務のオチン〇ンを自分から咥え込んでいました。

あん、あ、あっ、あああ……はぁっ……！

ああっ、女王様ぁ、そ、そんな、もったいない……う、くふぅぅっ！

アタシはもうひたすら自分本位に腰を振り乱し続け、突き上げてくる昂ぶりの中、とうとうあられもなくイキ果ててしまったんです。

専務のほうは、もうなかなか射精するということもないみたいで、イクことはなかったけど、アタシの女王様っぷりに大満足してくれたみたい。

初めてでここまでできるなんて、君、見どころあるよ、だって（笑）。

こうやって、月に一～二回のプレイで十万円のお手当てをもらい、今ではけっこう自分でも楽しくやってるアタシなんです。

■T社長は限界まで勃起したそのペニスを私の奥深くまで挿入してきて……

会社を救うために淫らな人身御供となってしまった私！

投稿者 柳下ハルミ（仮名）／31歳／広告代理店勤務

前々から、私のことを舐め回すように見る、その淫らな視線には気づいていたのです。きっと、私のことを犯したいと思っているのだろうな、と。

でも正直、私のほうは御免でした。

あんな、見た目も性格も爬虫類みたいに粘着質で気持ちの悪い男、いくらお金を積まれたって抱かれたくないと思っていました。

ああ、それなのに、まさかあんなことになってしまうなんて……。

私は小さな広告代理店に勤めているのですが、この不景気でどこも出広費が抑えられ、主だったクライアントはもっと大きなところに持っていかれるばかりで、うちのような弱小の経営状態はまさに火の車でした。

それでも、なんとか頑張って仕事をとろうと日々一生懸命だったのですが、ある日、社長に直々に呼ばれました。そんなこと、これまでなかったのに……。

まさか……クビ？

私は戦々恐々としましたが、結果はある意味、それより悪いものでした。

「頼む、柳下くん、会社を助けてくれ！」

社長の思わぬ言葉に、私は大いに困惑してしまいました。

会社を助けるって……今以上にどう頑張れっていうの？

でも、そのあとの社長の話は私の想像を超えたものだったのです。

「〇△工業、もちろん知ってるよね？　うちの大のお得意様だからね。まあ去年は広告展開を控えてたんだが、今年は創業二十周年ということで、大々的に広告キャンペーンを打ちたいっていうんだ。恐らく一億規模の仕事になるだろうが、そのかじ取りをうちに任せてもいいって言ってくれてるんだ」

もしそれが実現したら、会社は間違いなく立ち直れます。でも、それと、私が会社を助けるっていうことと、どんな関係が……？

「ただし、それには条件があって……君が〇△工業のＴ社長（五十四歳）とつきあってくれたら、というんだ」

あの、いつも視姦するような目で私のことを見ていたＴ社長が……やっぱり……。

「いや、君がどうしてもイヤだと言うなら、そのときはまあ仕方ないんだが……」

そう言ってくれる社長でしたが、言葉とは裏腹にその醸し出す雰囲気は、私に死んでも引き受けてくれという怨念のようなものに満ち満ちていました。

どうして断ることができるでしょう？

「わかりました。それで会社が救われるのなら……」

「あ、ありがとう、柳下くん！　恩に着るよ！」

社長は私の手を握り、涙ながらに何度も何度も頭を下げたのでした。

そして翌週の金曜の夕方、私は軽井沢にあるT社長の別荘に呼ばれました。

これから日曜まで私はここでT社長と二人きり、誰も助けてくれる人はいない……そう思うと、気がくじけそうになりましたが、今さら逃げ出すわけにはいきません。

「柳下さん、ようやく君と二人きりになれた。ああ、どれだけこのときを夢見たことか……もうずっと君のことで頭がいっぱいだったんだよ」

暖炉のある広いリビングで、豪華なソファに並んで座り、私の手を自分の脂ぎった手のひらで撫でながら、T社長はそう言いました。

虫唾が走る思いとはまさにこのことでした。

でも、どんなに気持ち悪くても拒否するわけにはいきません。

それは、私一人のみならず、わが社の全社員三十人が路頭に迷うことを意味するのですから。

「ああ、本当に白くてスベスベしてて……なんてきれいな肌なんだ。さあ、私の目の前に立って、服を脱いでその美しいカラダを全部見せておくれ」

私は言われるままに立ち上がり、Ｔ社長の目の前で裸になりました。

Ｔ社長はその姿を十分ほども舐め回すように凝視したあと、今度は本当に私のカラダを舐め回し始めました。

Ｔ社長が着ていたガウンを脱ぐと、そこにはいつものスーツ姿のときのイメージとは違った、意外にも引き締まった肉体がありました。適度に脂ののったベテランのプロレスラーのような感じとでも言ったらいいでしょうか。どうやらある意味、着やせするようです。

恥ずかしいほどにピッチリしたブーメランパンツ一丁になったＴ社長は、立ち尽くしている私に取りつくと、長い舌を伸ばしてベロン、ベロンと乳房を舐め弄びました。自分ではちょっとコンプレックスな大きな乳輪の縁に沿ってヌロヌロと舌を這わせ、時折ニュプッと乳首を唇に含むと、ジュルジュルジュル〜ッと吸い、啜り上げてきて……最初は嫌悪感しかなかったのですが、入念にそういった愛戯を繰り返されているうちに、いやでも快感を感じざるを得なくなってきてしまいました。

乳頭の先端から乳首全体にかけてジンジンと疼いてきて、その恥ずかしい淫疼がジワジワと広がって……おへそを越えて、下腹部を伝って、とうとう私の一番の秘部に。

「あ、あぁっ……」

「ふふ、感じてくれてるみたいだね。腰がどうしようもなくモゾモゾしてるよ。そうか、早くアソコも舐めて欲しいんだね。わかった、わかった、君、意外と欲しがりやさんなんだね。うん、そういうの、嫌いじゃないよ」

私の反応の変化に目ざとく気づいたT社長は、いやらしくそう言いながら私の前にひざまずき、顔をカラダの中心へ……股間へと持っていき、濃いめの茂みをガサガサと口でまさぐり始めました。

そのなんとも言えずこそばゆい感覚がまた気持ちよくて、私は腰をくねらせて悶え、無意識のうちに両手でT社長の頭を抱えていました。そして、グリグリと自分のアソコに押しつけるようにして……。

すると、ヌロリとした触感が自分のヒミツの粘膜の内側に入り込んできたのがわかりました。そしてそのまま肉のヒダヒダを掻き回すように舌がうねり蠢いて……、

「んあぁっ、はっ、はぁ……あふぅ……」

私はT社長の髪の毛をグシャグシャに掻きむしりながら、腰をビクビクと震わせて

ヨガってしまいました。

「はぁ、すごい……君のここ、もうドロドロだ……熱い滴りがとっても美味しいよ……ンジュ、ジュルジュルル……」

T社長に思いきり愛液を啜られ、もう私は完全な快感の酩酊状態。

するとT社長が、

「さあ、今度は私のを舐めておくれ。君のすばらしさに反応して、もうさっきからこんなにビンビンになっちゃってるよ」

と言い、ブーメランパンツを脱いで、いきり立ったペニスを見せつけてきました。

それはとても五十歳を過ぎた初老男性のものとは思えないほどの迫力に満ちていて……私は思わず生唾を呑み込んで、自らひざまずいていました。

そして、ジュボジュボと淫らな音を立てながら、激しくフェラチオして……ソレは私の口の中でますます硬く大きく膨張していくのです。

「ああ〜、もう、その辺で……ここで出しちゃったら、さすがにこの歳だとそう簡単には回復しないからね、大事にいかないと。さあ、いよいよ君の中に入らせておくれ」

T社長はそう言うと、ソファに横たわった私の上に覆いかぶさり、限界まで勃起したペニスを奥深く挿入してきました。そのインパクトは強烈で、エクスタシーの奔流が私の全身を押し流すようでした。

「あっ、ああ、あん、ああああ～っ！」

私は狂ったように快感に喘ぎ、それに煽られるようにT社長の腰の律動も速さと激しさを増していって……。

とうとう二人ほぼ同時にクライマックスに達していました。

「ああ、君のカラダ、想像していた以上に素敵だった。あと二日、思う存分楽しもう。いいね？」

私はコクンと頷き、続く土曜丸一日、そして日曜の夕方までたっぷりとT社長に愛され、最後は東京までタクシーで送り届けてもらったのです。

T社長は約束どおり、わが社に大仕事を一任し、会社は窮地を脱しました。

私はといえば、これまでのT社長に対する嫌悪感はいずこへか……すっかりそのSEXの虜になってしまい、今でもプライベートでのおつきあいを続けています。

人間、何がどう転がるか、ほんと、わかりませんね。

■私は制服の前から乳房をさらし覗かせたまま、ペニスを咥えさせられ……

まさかの婦人警官コスプレHで禁断のカイカン大爆発！

投稿者　猫田理子（仮名）／25歳／専門学校職員

私、服飾系の専門学校に通ってて、卒業後、そのままそこに職員として就職しました。まあ、そっちのほうの才能はさっぱりなかったっていうことで（笑）。

で、つい最近になって先生の一人とつきあい始めました。

斉藤先生（仮名）といって、年齢は三十三歳。

若い頃は新進気鋭のデザイナーとして自分のブランドなんかも持ってたりして、そこそこ有名だったらしいのですが、いろいろ事情があってそんな諸々を全部整理して、今は一介の講師として教えているっていう感じです。なんかお金のこととか人間関係とか、すごい大変なことがいっぱいあったらしいですよ～……いや、詳しくは聞けないけど。

ただ、そんな斉藤先生、既婚者ということでもちろんおおっぴらにつきあうことはできず、こっそりコソコソ秘密交際が基本。しかも、私は安月給、先生も自分の自由になるお金はあんまりないとかいうもので、デートはもっぱら学校内ばっかり……いや、デートっていっても要はエッチする場所っていうことですけどね。

まだそんなにあちこち試したわけじゃないんだけど、今のところ一番のお気に入りの場所は実習準備室です。まあ要は、服づくりの実習なんかに使う布地や端切れといった材料を保管してある倉庫みたいなものですね。

そこにはちょっとユニークなものもいっぱいあって、中でも私たちがエッチするときに重宝してるのが、ふんだんにストックされているいろんな職業のコスチューム類なんです。参考資料として各所から集められた古着や不用品みたいなものばっかりなので、煮るなり焼くなり（切るなり破くなり？）気兼ねなく使うことができます。

そう、ここでするコスプレHにハマってるっていうわけです。

それにしても、先週のはすごかったなー。

斉藤先生がいきなり、

「おい、今日ヤルぞ！　放課後な！」

って言ってきて、なんだかすごく息巻いてる様子。

何があったんだろー？　って思ったけど、まあ理由はともかく、ヤルこと自体は私も大好きなので、業務時間の終わった放課後、女子トイレでいつもどおりアソコをちょっときれいに拭いたりといった身支度を整えてから、実習準備室に向かったんです。

「さあ、今日着るのはコレだ！」

私が部屋に入るなり、斉藤先生が突きつけてきたのは、なんと……、

〝婦人警官〟の制服でした。

モノ自体があるのは知ってましたが、さすがにコレを使うのは初めてです。

「こないだの日曜日に車乗ってて、つい運転しながらスマホで話してたら、間が悪いことに隠れて取り締まってた警察に捕まっちゃってさ。まあもちろん、悪いのはこっちなんだけど、そのときの婦警がもうホント、ムカつく態度でさ！　一緒にいた男の警官のほうが一応敬語で話してるっていうのに、その婦警のほうはオレのこと〝アンタ〟呼ばわりだぜ？　あ〜、今思い出してもあったまくるな〜！」

ですって。

なるほど、そういうことなわけね。私は納得しました。

ってことは、今日はその怒りモードで凌辱っぽくいくってことか……うん、嫌いじゃない、嫌いじゃない（笑）。

私は言われたとおり、婦警さんの制服に着替えました。もちろん、プレイが進行しやすいようにブラとパンティは着けませんでした。

そして私が着替え終わるなり、カチッと彼のスイッチが入りました。

「おい、こないだはよくも人のこと、コケにしてくれたな！　婦警風情がいったい何様だと思ってんだよ！」

もちろん、私も同調します。

「な、何よ、アンタ、国家権力にたてつくつもり⁉」

「うるせー！　何が国家権力だぁ、公僕風情がぁ！　主権在民なんだよ！　今日はそのカラダに本当の身の程ってものを叩き込んでやるよ！」

何言ってるかよくわかりませんでしたが、私は彼にグイグイ迫られるままに、その場に押し倒されました。でも、ここで簡単に降参してしまっては彼の興をそぐことがわかってましたから、引き続き反抗の態度を示して、

「や、やめなさい！　公務執行妨害で逮捕するわよっ！」

「はん！　公務執行妨害どころか、婦女暴行の被害者にしてやるよっ、おらぁ！」

案の定、彼はノリノリで、婦警の制服の上から私の胸を荒々しく揉みしだいてきました。分厚い制服の生地の下で、私のHカップの乳房がモミクチャにつぶれます。

「おおっ！　お高くとまってるくせに、制服の下はノーブラかよ！　とんだ淫乱メス犬じゃねーかよ！　しかもこの巨乳……ふざけんなぁ！」

ふざけるって何？（笑）

高まり続ける彼のテンションに煽られるように、私のほうも興奮してきてしまいました。荒々しい揉みしだきに応えて乳首がジンジン、ツンツン、疼き尖ってきてしまうのがわかります。

「ああっ、イヤ、ダメッ……はぁッ！」

制服の前ボタンが引きちぎられるように外され、乳房がユサユサと覗きます。

「くぅっ、なんて格好だ、このエロ婦警がぁっ！　おい、どうしてくれんだよ！　そんなザマ見せられて、オレのもこんなになってきちまったじゃねぇかよ！　ほら、責任とってしゃぶれよおっ！」

「あ、ああっ……」

私は髪を掴まれ、制服の前から乳房をさらし覗かせたまま、ペニスを咥えさせられました。ギンギンに勃起した先端に喉奥を突かれ、苦悶にえづき喘ぎながらも、同時に恐ろしく性感を煽られてしまいます。

私はＭ字開脚のような体勢になると、スカートの奥に手を突っ込んで自分のマ○コをいじくり回しながら、激しくフェラチオしました。

「うおおっ、た、たまんねぇ！　き、きもちイイ～っ……くそぉ！」

いよいよ昂ぶった彼は、私を床に四つん這いに押し倒すと、後ろからのしかかるようにペニスを突き立ててきました。

「ひあっ……は、ああ、ああああ～っ！」

激しいエクスタシーに貫かれて、私は恥も外聞もなく悶え叫んでしまいました。

「ううっ、婦警のマ○コ、狭い……締まるぅ、くふぅ……！」

高速で腰をピストンさせながら、彼のほうもせつなげに喘ぎ、一段と動きが激しくなったかと思うと、瞬間、ペニスをヌルンと抜いて、私の腰のほうに向けてドピュドピュと射精し、婦警の制服のスカートをべっとりと汚しました。

「あ、あああ………」

私も床にくずおれるようになってイキ果てていました。

最高にテンションの高いプレイに私たちはもう大満足。

さて、次回はどんなコスプレHで愉しみましょうか？

■私は壁際に立ったまま、たまらなすぎる三点責めの痴漢攻撃にさらされ、腰を……

場末のポルノ映画館は集団痴漢のカイカン桃源郷

投稿者　緑川あやめ（仮名）／27歳／ＩＴ企業勤務

それはもう衝撃的すぎる体験でした。

その日、私は出会い系で知り合った男性と初めて会う約束をして、会社の業務終了後にジムで軽く汗を流したあとの午後八時すぎ、目印の場所で待ち合わせたんです。

彼はＳさんといって年は四十歳ぐらい。プロフに偽りなしという感じの品のいいナイスミドルで、とても好印象でした。

でも、私は事前のスマホでのやりとりで、あらかじめ今日のおつきあいの主旨を伝えてあって……それは、そんな好印象的なものとは真逆の欲求を望むものでした。

『とにかく刺激が欲しいんです。強烈であればあるほど、いい』

それは、最近仕事もプライベートも何もかもうまくいかない私の、魂の叫びでした。誰でもいい、いやなことすべて忘れさせてくれる体験をさせてほしい！

そんなリクエストに反応してくれたのがＳさんであり、

『任せてください。あなたが今まで体験したことのない刺激と快楽を、僕が味わわせてあげますよ。約束します』

私はその言葉を信じてみようと思ったのです。

二人で夜の街をしばしそぞろ歩き、彼に連れられて辿り着いたのは、いかにも〝場末の〟という言葉が相応しい、古びて汚いポルノ映画館でした。

え、まさかここで……どうせこんなところ、お客もほとんどいないだろうから、ポルノ映画見ながらエッチしようって、そういうこと？　う～ん、なんかあんまり刺激的じゃないなぁ……。

私のそんな本音が無意識のうちに表情に表れてしまっていたのでしょう、Sさんは笑いながら言いました。

「まあまあ、僕を信じて。絶対に後悔させないから。うん、絶対」

とりあえず仕方なく、私はSさんと二人で館内に足を踏み入れたのです。

入口でSさんが入場料を支払い、人気のないロビーを抜けて劇場の妙に重々しいドアを開けると、客席の暗闇が待ち受けていました。正直、ことここに至っても、私のテンションはまったく上がってはいなかったのですが……。

スクリーンの光の中にだんだんと浮かび上がってきた客席の状況を見て、私は息を呑むほど驚愕してしまいました。

ほとんど客などいないだろうという私の予想に反して、そこは客席はもとより、スクリーンに対してコの字型に向き合っている三方の壁際すら、立錐の余地もないほどの観客で埋め尽くされ、衝撃の超満員状態だったのです。決して広くはない劇場内ですが、その数、百人は下らないと思います。

そして、さらに私を打ちのめしたのが、その観客たちの行為でした。

よく見ると、実は観客は男性ばかりではなく、あちこちに女性が……だいたい男が四～五人に対して女が一人という割合で混ざっていて、男性客たちは淫らな欲望を丸出しにしながら、彼女たちを揉みくちゃに触りまくっていたのです。

な、なに、これ……⁉

「ふふ、驚いた？　すごい状況でしょ？　ここはね、密かに集団痴漢されたいという欲求を抱えた女性たちがやってきて、それを満足させてあげるために存在している映画館なんですよ。いや、もちろん最初からそんな目的で建ったわけじゃないけど、このご時世、純粋にポルノ映画館としてだけ営業していけるわけもなく……まあ、需要と供給のバランスからいつの間にか自然にって感じだけどね」

私は耳元で囁くＳさんの説明を聞きながら、驚きとともに、どうしようもないほどの興奮にカラダが包まれていくのがわかりました。

服の前をはだけられ、ブラをたくし上げられて乳房を揉まれている女性。

スカートをめくられ、股間をいじり回されている女性。

ほとんど全裸に剝かれ、全身を舐め回されている女性。

あ、中には自分からひざまずいて男のアレをしゃぶっている人もいます。

「はぁ、ああ、あふぅ……」

「んんっ、くぅ、ううう……っ」

「ひあ、あふ……ふぅぅっ……」

あちこちから女性の喜悦に満ちた喘ぎ声が漏れ聞こえてきます。

ああ、私も……私も、ああいうふうにされたい……！

カラダの奥のほうから欲望が沸き起こり、それが放射状に肉体に広がっていくように、まだ触れてもいないのに乳首の先端がズキズキ、ジンジンと疼き、アソコが淫らにひくつきながら汁を滴らせてしまうのです。

そんな私のはしたない惨状を見計らったかのように、Sさんがタイトスカートの上からお尻のワレメをなぞるように触ってきました。

と、それが合図になったかのように、周囲の壁際にいた二～三人の他の男性客も、わらわらと私のカラダに群がってきました。

プチプチとブラウスのボタンが外され、強引にブラがたくし上げられたかと思うと、左右の乳房がグニュグニュと揉みしだかれ、そうしながら中の一人が乳首に吸いついてきて、ヌロリという熱く湿った感触とともに舐めしゃぶられて、私は思わずその快感に大きく身をよじってしまいました。

「あ、ああ、あひ……ひいぃ……」

と、いつの間にかパンティとストッキングが膝の辺りまで引き下ろされてしまいました。Ｓさんの指がアナルをグリグリとえぐりほじってきて、同時に前から挿し込まれた別の男の指が、アソコの中をグチュグチュと濡れた音を立てながら掻き回してきました。私は壁際に立ったまま、たまらなすぎる三点責めの痴漢攻撃にさらされ、腰をガクガクと震わせて悶え喘いでしまったのです。

「はふ、ふうっ……くふう……んんっ」

そんな私の両手が摑まれ、それぞれ別の男の股間に導かれると、暗闇の中で剝き出しになったアレを握らされました。二本とも怖いくらいに熱く熱を持ち、硬くいきり立っていて、私の両手のひらにその激しい脈動が伝わってくるようでした。

「あ、ああ……すてき……」

私は無我夢中でしごいていました。

「お……おう、ううっ……」

耳をなぶる男の喘ぎが、さらに私の昂ぶりを煽っていきます。

グッチュ、ヌッチュ……ジュル、ジュルル……チュバ、ヌチュ……アソコとアナルと乳首に対する責めが激しさを増していき、ごく自然にアレをしごく私の手にも力が入ってしまいます。

「んあっ、ああっ、はあっ……ああっ！」

「ううっ、ぐ、はうぅ……！」

「あ、で、出るぅ……！」

と、まさにドンピシャのタイミングで私はイき、男二人もほぼ同時に射精していました。それは私の両手がドロドロになるほどの凄い量のほとばしりでした。

それ以来、私は完全にこの場所にハマってしまい、今でもムシャクシャすることがあると、集団痴漢の快感に身をさらしてストレス解消しているというわけです。

第四章

したたるOLたち

■ピストン運動に合わせて緩めたり締めたりすると、さらに彼は歓喜の雄叫びを……

駆け落ちした双子の妹の身代わりとなって肉体を捧げた私

投稿者 藤原早季子（仮名）／31歳／飲料メーカー勤務

私は双子の姉。

妹の真希子とは昔から顔が瓜二つだと評判だったが性格は真反対。中学の頃から「都会に出て仕事がバリバリしたい」と言っていた私、「就職するより地元で結婚して暖かい家庭を早く持ちたい」と言っていた妹。

両親はそんな私たちの性格を知っていたので家業の酒屋を継がせるには、妹の真希子に婿養子を取るのが得策と考えていた。妹が調理師の専門学校を卒業するや否や見合い結婚させられたのは言うまでもない。相手は父の旧知の仲という地元の名士の息子で浩二さんといって次男坊。その頃、私は実家を出て上京（女子大生）していたので、その男性の顔は妹の結婚式で初めて知ることとなった。まぁまぁ男前だなと思ったけど私好みではなかった。長身だが華奢な体つきで「これで本当に家業が継げるのか？　重いビール瓶ケースの配達が出来るのだろうか？」と少し不安だったが、とにかく藤原家に婿養子に入ってくれた彼には、ただただ感謝した。

それからあっという間に十年近い歳月が流れた。私は東京でバリキャリ中だ。三年半もつきあった彼氏とは去年の暮れに別れた。っていうのは、会社の若い子たちの合コンに参加して、挙句お持ち帰りされたことが彼に知れて……つまり私の浮気がばれて彼は去っていった。ふん、まあいいわよ。すぐ次のを見つけるから。別に焦ってない。

そんなある日のこと。

会社帰りに実家の母から電話があり、すぐに帰って来て欲しいとのこと。母の声があまりに切羽詰まっていたのですぐにスマホを切り小走りで駅に向かった。高血圧気味の父がもしや倒れたのでは？　なんだか嫌な予感がする。新幹線と在来線とバスを乗り継ぎ、四時間かかってようやく実家に辿り着いた、途中コンビニでパンティと歯ブラシセットを購入して。着替えや化粧品は真希子に借りよう。私たち、スリーサイズは昔からおんなじだから。

ところが実家に真希子はいなかった。なんと、ダンス教室で知り合った若い男性と駆け落ちしたというのだ。「親不孝してすいません。浩二、許してね」と書き置きして昼間のうちに出てったようだ。これが私が急遽呼ばれた理由だったというわけ。

父は狼狽しながら怒っている。母は泣きながら浩二さんに詫びている。三十一にもなってこんな非常識なことをして……私の育て方が悪かったの、ごめんなさい、と。浩二さんは力なくうなだれていて目も虚ろだ。一体いつから真希子はダンスの先生なんかとデキていたんだろう？　知りたいが聞けるはずもない。

浩二さんは「明日も朝早いんで、もう休みます」と言ってスックと立ち上がった。「明日の配達は私が行くから、ゆっくり休んで」母の声はバタンというドアの大きな音でかき消された。その音には怒りが籠っていた。「どうしたもんだろうねぇ、早季子ぉ」涙声の母。「とにかく浩二さんと話してみるわ、私にまかせて」そう言うしかなかった。自信はなかったけど。

五分後。缶ビール五本とおつまみを盆に載せて〝離れ〟に行った。〝離れ〟は浩二さんが婿養子に入ったときに、妹夫婦用にと父が敷地内に建ててあげたものだ、完全同居では申し訳ない、という理由で。

「浩二さん、ちょっと入るわね」そこは勝手知ったる妹夫婦の家だ、部屋の灯りは既に消えていたけど、暗闇の中でもたやすくリビングルームに辿り着ける。

「もう寝たの？」私は声をかけながら歩いていった。彼ったら、年がら年中テレビつけっぱなしで寝るのだと、よく真希子が愚痴ってたっけ。それって夫婦性活はどうなっていたんだろう？　ふとそんなことを考えたとき、ソファで寝ていたはずの浩二さんが突然起き上がって、ガシッと私の右腕を掴み引き寄せた。

「きゃぁっ」叫び声と同時に、盆に載せた缶ビールがバタバタと床に転げ落ちた。「騒いでも無駄だぜ、母屋には聞こえない」私はソファに押し倒され、Tシャツとブラジャーをたくし上げられ、乳首を吸われるまで、そんなに時間はかからなかった。

「い、いや、やめて……」「俺を慰めにきてくれたんだろう？」チロチロと舌で右の乳首を舐めながら浩二さんは言った。「違う」と言いたいのに、喘ぎ声しか出ない。

「あぅ……ぅ……」ゆっくりと舌が左の乳房まで這っていく、生温い唾液をぬめらせながら。そして右手は荒々しく私のスカートをまさぐり始めた。彼の足の付け根が硬くなってるのがわかる。

「なんだ、もうこんなに濡れてるのか」その声はエロチックで、パンティの中を動き回る指は卑猥だった。

「ひぃっ」クリトリスを摘まれ、私は思わずのけ反った。一番敏感な場所を集中的にいじられて、私の愛液はまるで泉のように溢れ出てくる。

「やっぱ双子だな。感じる所が同じなんだ」くくっと笑いながら、浩二さんは私の上に覆いかぶさり股間に顔を埋めた。私の顔の真上には彼のモノがそそり立ってる。（いつの間にパンツを脱いだのだろう？）と思いながら、私はそのイチモツにしゃぶりついた。テレビの光で私たちの陰部は、お互いにほぼ丸見えだ。

「おおう……お…お…」初めて聞く浩二さんの喘ぎ声に私は興奮していた。ちゅぱちゅぱと音を立てて肉棒の裏側を丁寧に吸い舐めてやると、彼は小刻みに体を震わせながら、私のクリトリスを舐め返してきた（肉棒は表より裏側の方が快感度が上だと昔の男がよく言っていた）。

「アアア……」「おう……お……ぐ、う……」こんなに感じるシックスナインは初めて、というより妹の旦那とお互いの秘所を舐め合っているという淫らなシチュエーションに、余計に性的興奮を覚えるのだ。

「ああ、そろそろ我慢できなくなってきた、早季ちゃん、入れていい？」

「ええ、私もほしい、早くきて……」

彼のモノはゆっくりと膣の中に入ってきて、出し入れを繰り返した。

「ああ、早季ちゃんのマ◯コ、締まりがいいよぉ……たまんないぜ……」

「そぉ？　じゃあ、もっと膣圧かけてあげる」

キュッと肛門をすぼめるとアソコも締まるのだ。ピストン運動に合わせて緩めたり締めたりすると、さらに浩二さんは歓喜の雄叫びをあげた。

「ああ、いいよ、たまんないよ、うくっ……うくっ……」

徐々に出し入れはその速さを増し、乱暴に繰り返された。パーンパーンと結合部分で音がする。私は既にオーガズムの波の中間あたりまできている、果てそうで果てない、長い長いオーガズム。でも浩二さんにはまだ全然その気配がない。

（華奢な体つきからは想像もできない、なんてタフなの！）

「ああ、だめ、私、もうイク……」「もうイクのか？」「だ……だって、すごくイイんだもの……イク、イク……」「ああ、早季ちゃんのマ○コ汁、溢れてきたよぉ、凄いよ、マ○コ汁……俺もイキそうだぁ」「中出ししていいから……ね……」「いや、まさか……それはマズイっしょ」「生理……終わったばっかで大丈夫だから……」はぁはぁ興奮しながらも冷静な会話をしている私たち。結合部分ではパンパンパンと絶えず小気味いい音がしてる。

「じゃあ、イクよ……イ、イク……」「私も……イクゥ〜〜〜」

私たちは絶叫しながら絶頂に達し、一緒に果てた。

はぁはぁはぁはぁ……ゆっくり息を整えてから、浩二さんは少し柔らかくなった肉棒を私の中から出した。

私はだらしなく開いた足を閉じるのも面倒くさい。急激な眠気に襲われそのまま寝てしまったのだが、わずか三十分前に果てた浩二さんが私の乳房を弄び始め、くすぐったくて目が覚めた。

「あ……」すぐにまたアソコが潤ってくる、浩二さんも勃起した。

（なんて絶倫なんだろう）

「真希子の代わりになってくれるんだろう？　だから帰ってきたんだろう？」私の膣の中に指を這わせながら浩二さんは言う。

「え、でも、それは……」「お義母さんたちもそれを望んでいると思うぜ？　家業を存続させるためにもさぁ」言いながら、指は私の一番感じるクリトリスを捉え摘まんだり、撫でたりしている。「アア、アアアア……」「なぁ？　それでいいよなぁ？」

愛液がまたとめどなく溢れてくる。その場所を責められては、私は身動きが取れない、嫌とは言えない。

「わ、わかりました……私、なんでも……言う通りにします」

浩二さんはニヤリと笑いながら、そぉ～っと私の股間に顔を埋めた。

■水中でぴったりと張り付いた水着の生地に、アソコの中から滲み出した熱い体液が……

淫らな体液でプールを汚す秘密のカイカン課外講習

投稿者　中屋敷沙織（仮名）／25歳／スイミング・インストラクター

昔から水泳が好きで、女子体育大学に進学、一時は本気でオリンピックを目指したのですが、まあさすがにそこまでの才能も力もありませんでした。

ということで、卒業後は先輩の紹介でライ◯ップとまではいきませんが、まあまあ大きなスポーツジムに就職して、インストラクターとして水泳の指導をしています。

水泳に関わること自体は楽しいし、給料も悪くはないので、仕事に対して特段文句はないのですが、やっぱり時折困ってしまうのは、ワガママをいう生徒さんへの対応です。

「三日でクロール百メートル泳げるようにしてほしい」

「他の人と泳ぎたくない。自分一人でプールを独占したい」

「女のインストラクターは全員ビキニの水着着用！」

……などなど、そりゃもう言いたい放題、無理難題を押しつけてくるものだからたまりません。相手は一応お客さんなので、なるべく真摯に対応しているようなふりをしながら、適当にあしらっている次第です。

でも、中に一人だけ、こんな人がいました。

その生徒さんはMさんといって六十一歳の自営業の男性でした。この春に還暦を迎えたのを機に、老化防止と体力増強にと入会してきたのですが、たしかにその体型ときたらブヨブヨのダレダレで、これまでおよそスポーツらしいものは何もしてこなかったんだろうなぁ感満点の、ある意味カンペキな仕上がりでした。

こりゃ相当手ごわいなぁ……インストラクターとしての私の偽らざる感想でした。

ところがこのMさん、仕事の自由がけっこう利くということで、ほぼ毎日のようにやってきては熱心にコーチを仰ぎ、そうなると私のほうも一生懸命指導せざるを得ないということで、めきめきと上達し、ほんの一週間あまりで普通にクロールで五十メートルを泳げるようになってしまいました。そしてその後も平泳ぎ、背泳ぎ、バタフライと順調にマスターしていき、実に一ヶ月弱でオールマイティーに泳げるようになっていったのです。

当然、当初は見事にみっともなかった肉体も見る見るシェイプアップされていき、見違えるように引き締まった見栄えになったのです。いや〜、驚きました。これだけの成果を上げてくれると、私もインストラクター冥利に尽きるというものです。

「ほんと、Mさん、がんばりましたねー」

ある日、その日の講習時間を終えて、他の皆が水から上がってプールサイドに私たち二人きりになったときにそう言うと、Mさんが応えました。

「でしょ？　これもみんな沙織先生に会いたくて、日々必死に通ったおかげですよ」

「え、私に会いたくて？　またまた、そんなうまいこと言ってぇ！」

私はMさんのおやじギャグっぽい発言に、冗談めかして対応したのですが、Mさんはいたって真剣な表情で、

「……本気、なんですけど」

と言うと、プールサイドに並んで腰かけている競泳水着姿の私の、剝き出しの太腿に手を触れてきたのです。少し冷えていた肌に、Mさんの熱い体温が染みました。

「え、え、あ、あの……っ！」

「本当に初めて見た瞬間に沙織先生のこと好きになっちゃって……そんな不埒なエネルギーに突き動かされるままに、ここまできちゃいました。だから、その……そんな私にご褒美をもらえませんか？」

「ご、ご褒美って……？」

この雰囲気……やっぱり肉体同士の触れ合いを望んでいるのでしょうか？　いや、たしかに引き締まった体に生まれ変わった今のMさんなら、アリといえばアリだけど、でも、仮にもインストラクターの私が生徒さんとこんなことしていいのかな？　などという葛藤も、Mさんの次の一言で吹き飛んでしまいました。

「もちろんお礼はしますよ。はは、ご褒美に対してお礼っていうのも、なんかヘンな話だけど……十万、差し上げます」

十万といえば、月の手取りのほぼ半分近い金額です。

もともとさして貞操観念の高くない私の気持ちは、一遍に傾いてしまったのです。

私は返事をする代わりに、目を閉じて唇を差し出しました。

むちゅ、とMさんの唇の感触がして、続いてにゅるりと舌が差し込まれてきました。

「ん、んん……っ、んふぅ……」

入り込んできた舌に歯茎から、口蓋から、口内中を舐め回され、えも言われぬ陶酔感が押し寄せてきました。さらに私の舌がからめとられ、ぬらぬら、れろれろとのたくり吸われると、そのたまらない快感に思わず呻き悶えてしまいました。

「ああ、美味しいよ……沙織先生の唾液、もっと飲ませて！」

Mさんはじゅるじゅるじゅるぅ、とさらに強烈に吸いむさぼってきて、混ざり合った二人の唾液が口内から溢れ出して、だらだらと顎から首筋へと伝い落ちました。

「はぁ……沙織先生、一回水の中に戻りましょう。体が火照っちゃっていけない」

Ｍさんはそう言うと先にプールの中に入り、続いて私を引きずり込みました。

たしかに、いつの間にか熱を持っていた体に、水の冷たさは心地いいものでした。

「はふぅ、沙織先生……」

Ｍさんは水中で私の胸をごにゅごにゅと揉み回しながら、競泳用パンツに包まれた自分の下半身を擦りつけてきました。その年齢に似合わぬごつごつした硬い昂ぶりに押し込まれて、私の股間も信じられないほど反応してしまいました。

「あっ、ああ、はぁ……あんんっ……」

水中でぴったりと張り付いた水着の生地に、アソコの中から滲み出した熱い体液がじんわりと染み込むようで……もう、恥ずかしくて、気持ちよくて……！

「ああっ、もうダメだ、ガマンできない！　沙織先生の中にこれを入れたいっ！」

妙に上ずったような声でそう言うと、Ｍさんは水中で膝元まで自分の競泳用パンツを引き下ろし、勃起したペニスをぶぅんと解放しました。そして、私の水着の股間のところに指をねじ込むと、ぐいぐいと力任せに横にずらし、アソコが中途半端に露わにされてしまいました。

でも、もうMさんの欲望は止まりません。不完全に口を開けた私のアソコに無理やりペニスをねじ入れてきて、水中でずんずん突いてきました。

「ああん、くはぁっ……ひあぁっ……」

窮屈なコンディションが逆に妙に刺激的で、私はかつて感じたことのないエクスタシーに襲われていました。それはMさんも同じだったみたいで、

「ううっ、す、すごい、なんだこの締まり方……こんなの初めてだ！　くぅ！」

と、私を貫きながら、悶絶の表情を浮かべていました。

そして数分後、私たちは達し、お互いの体液でプールの水を淫らに汚しまくってしまったのです。このあと、もちろん消毒殺菌されて理論的にはきれいに浄化されるはずだけど、やっぱり申し訳なくて複雑な気分。

まあ、不可抗力だったということでお許しください。

約束どおり私はMさんから十万円を受け取り、その後もたまに関係を楽しんでは、お小遣いをもらっているというわけなのです。

■勃起したそれは優に二十五センチほどに達し、太さも五センチを大きく上回って……

白人上司の超巨大なペニスを易々と呑み込んでしまった私

投稿者　天野典子（仮名）／27歳／外資系証券会社勤務

私は日本の女子大を卒業後、二年間アメリカの大学に留学した後に帰国、同じくアメリカに本拠を置く今の証券会社に就職しました。私は元々英語を専攻していた上に、さらに留学生活で英会話力に磨きがかかり、英語はネイティブ並みにペラペラ。おまけにたとえ日本人社員同士でも会社内での公用語は英語ということに定められており、これからお話しする内容の会話はすべて英語で交わされていると思っていただければと思います。

私の上司はケニーという三十四歳の白人男性で既婚。単身赴任で、アメリカ本国に美人の奥さんと二人の可愛い娘さんがいるのですが、これがもう根っからのセクハラエロ上司ときていて……とにかく、私が彼の下に配属されたその日から、臆面もない誘惑アプローチが始まりました。

実は私にはちゃんと日本人男性の恋人がいて、何度もそのことを話してお断りした

のですが、ケニーときたら、

「大丈夫、大丈夫！　僕にだってちゃんと妻子がいるんだから、おあいこじゃないか。気にすることないよ！」

と、まったく身勝手な言い分で、あきらめようとしません。

それで、とうとう私は根負けしてしまい、ある日彼とベッドを共にしてしまったのです。向こうの会社はセクハラとかパワハラに対してすごく厳しいというのがそれまでの私のイメージでしたが、全部が全部というわけじゃないんですね……何度かこっそり総務のほうに窮状を訴えたのですが、何の策も講じてはくれませんでした。

さすがにそうなると、この年収八百万という待遇のいい仕事を死守するためにも、ケニーのいうことを聞くしかないという結論に至った次第なのです。

ミシュランで星をもらってるくらいの高級なレストランで豪華なディナーをご馳走になったあと、某有名ホテルの地下のラウンジで少しカクテルをたしなみ、それから彼がとってあった上の部屋へと二人で向かいました。

私が先にシャワーを浴びて、部屋に備え付けのフカフカ高級ガウンに裸身を包んでベッドの上で待っていると、ケニーが裸のままワイルドにガシガシと濡れた体を拭きながら、バスルームから出てきました。

いやもう、その肉体のすばらしさといったら……！

普段、会社でスーツを着たままでも十分そのたくましさは感じられましたし、大学時代はアメフトの有望選手として大活躍していたという話は聞いていましたので、およそのイメージは出来上がっていたのですが、実際にナマで見ると、まさかこれほどとは……昔見て、すごく面白かった映画に『ターミネーター』というのがあるのですが、あれに出てた、まだ若い頃のアーノルド・シュワルツェネッガーを彷彿とさせる、ムキムキのマッチョなんだけど気持ち悪すぎず、しなやかな張りを感じさせるセクシーさに満ちた肉体美だったのです。

そして、なんといってもその股間の存在感！

まだ勃起していない通常のだらんとした状態で、それは優に二十センチ近い長さを誇り、直径も四センチはある、日本人彼氏なんか比じゃない超絶サイズでした。

（こ、こんなのが大きくなったら……入るかしら……？）

「……ノリコ、そんなに僕の体、気に入ってくれた？」

思わずポカンと口を開けて無言で見入ってしまった私に、ケニーは笑いながら言いました。そして、ベッドに上がるとやさしくキスしてくれました。

「え、ええ、ボス……とっても」

「ボスはやめてくれよ。今、ノリコの前で僕はただの〝ケニー〟だ。いいね？」

「わかったわ、ケニー。でも、ステキすぎて……こんなの私の中に入るかしら？」

私が感じた危惧を素直に口にすると、彼はさらに笑みを大きくして、

「もちろん！　大丈夫なように僕がノリコのステキなカラダを、いっぱいいっぱい愛して、ほぐして、トロトロにしてあげるから……ね？」

と答え、私のカラダをベッドに横たえさせると、さあ、その後の一時間あまりに渡って、めくるめくような陶酔のときが始まったのです。

たっぷり十分近くも私の唇を吸い、舌をむさぼって陶然と我を忘れさせてくれたあと、ケニーの口は首筋から鎖骨、そして胸へと下りていき、大きな手のひらでやさしく、でも同時に力強く乳房を揉みしだきながら、乳首を中心にこれでもかと愛撫してくれました。痛いくらいに強くチュチュ～ッと吸われたかと思うと、そのすぐあとに舌先でくすぐるようにつつかれ……そうかと思うと、からみつくようにジットリとねぶり回され、とろけそうに緩んだ先端を今度はカリッと甘噛みされて。まさに緩急絶妙の責めにさらされて、私はもう、どうにかなってしまうんじゃないかというくらいの快感に翻弄されてしまったのです。

「あん、ああ、はぁっ……いいい、いいわぁ、ケニー……」

思わず喜悦の喘ぎを漏らしながら、私はケニーの頭をグシャグシャに掻き回してしまいます。

「ああ、ノリコ……いいよ、もっと、もっと感じて……」

ケニーはそう言いながら、さらに顔を下ろしていくと、いよいよ私の秘部をその口にとらえました。もちろんそこは、もう十分すぎるくらいに熱くぬかるんでいて、ケニーの舌がやけどしちゃうんじゃないかと、バカな心配をしてしまった私でした。

ケニーの舌がドロドロの亀裂の中に入り込んできて、内部を縦横無尽に舐め、掻き回し始めました。その繊細かつ大胆な動きにいいように翻弄された私は、ますますあられもなく激しく感じてしまいます。

「あふっ……んはぁっ、ああっ！　いい、いいのぉ、ケニー！」

「ああ、ノリコ……ノリコ……ノリコッ！」

ケニーは一向に愛撫をやめようとはせず、延々と私を愛し続けてくれて……そんな濃厚で執拗な前戯、生まれて初めての経験でした。

見ると、いつの間にかケニーのペニスも雄々しくそそり立っていました。

やっぱり、勃起したそれは優に二十五センチほどに達し、太さも五センチを大きく上回っていました。それを見て、再び忘れていた不安が甦りましたが、ケニーはそんな私を安心させるかのように微笑でアイコンタクトすると、ゆっくり、じっくりと挿入してきました。

「あ、あああ……は、あぁッ……」

思わず呻きが漏れましたが、そこに苦痛の響きはなく……確かに彼の言ったとおり、入念すぎるくらいの前戯で私のそこは完全に柔らかくほぐされ、ものの見事に易々と巨大ペニスを呑み込んでいたのです。

「あ、ああ、ノリコ……やっぱり、日本の女性のここは……キツイ……くぅ！」

ケニーは快楽と苦悶の入り混じったような声を発しながら腰を動かし、私は彼の信じられないくらい巨大な存在感を胎内に感じながら、何度も何度もオーガズムの閃光をひらめかせてしまったのでした。

その後、より絆の深まった私とケニーは、単なる上司と部下の関係を超えたステキなパートナーシップを築けているように思います。

■愛子は両脚を交差させるようにして、自分の股間をあたしのアソコに食い込ませ……

社員旅行で目覚めてしまった女同士の底なしに淫靡な悦び

投稿者　沼尻まゆみ（仮名）／23歳／事務機器メーカー勤務

先月、社員旅行があったんです。

温泉宿への一泊二日のバス旅行で、全社員総勢二十四人のこじんまりとしたものだったんだけど、あたし、この旅で思いがけず新しい目覚めを経験しちゃったんです。

金曜の朝、会社前を出発して、目的地に着いたのはお昼ごろ。美味しい海鮮ランチを満喫したあと、夕方の宴会までは自由時間。早速温泉に浸かったり、近場の観光スポットを巡ったりと、各自それぞれ楽しみました。

そして夕方の六時から、いよいよ大広間に全員が集まっての宴会がスタート。うちの会社はアットホームで元々とても雰囲気がよく、よそでよく聞くような〝お酌パワハラ〟や〝女子社員コンパニオン扱い〟みたいなこともなく、にぎやかで和気あいあいとした三時間弱の時間が過ぎていきました。

そして九時ごろお開きとなり、あたしは少し酔いを冷ましたあと、温泉に浸かりにいき、ゆっくりたっぷりと楽しんでから、十時半ごろに部屋に戻りました。

部屋は同い年の同僚、愛子との二人部屋。これまで、特別親しいということもなく、まあ普通の同僚として接してきた感じかな。ただ、細身で貧乳気味のあたしと違って、愛子は男子受けするポチャカワ巨乳系女子で、密かに「うらやましいな～」と羨望の思いで意識していた存在ではありました。

湯上りでほっこりと火照った体を浴衣に包んで、あたしが部屋に戻ると、八畳の和室にはすでに布団が敷かれていて、その隅っこのちゃぶ台に肘をついて愛子が一人、ビールを飲んでいました。彼女も先に温泉に入ってきたようで、ボディシャンプーのいい匂いをさせながら豊満なカラダに浴衣をまとっていました。

「あらあら、杉野さん（愛子の苗字です）、まだ飲み足りないのー？」

あたしが声をかけると、彼女は、

「うん、ちょっとね。よかったら沼尻さんもどう？」

と言って缶ビールを掲げ、まああたしも嫌いなほうじゃないもので、ちょっとつきあってあげることにしました。

乾杯して、社内のあんなことやこんなことで盛り上がりながら飲んでいると、また酔って、どんどんいい気分になってきました。

愛子のほうも楽し気にしてたんだけど、なんだかふと気づくと、無言になってても言われぬまなざしで、あたしのことをじっと見つめてたんです。なんていうか、うっとりするような、とっても物欲しげでまとわりつくような視線っていうか……。

……？　なんなんだろ？

あたしが少し怪訝に思っていると、それまでちゃぶ台を挟んで差し向かいにいた愛子が、おもむろに体をずらして、すぐ横に移動してきたんです。そして、

「ねえ、沼尻さんってカレシ、いるの？」

と聞いてきたもので、あたしは正直に、

「え？　ううん、今はいない。三ヶ月ほど前に別れちゃった。だもんで、今は独り身で、とっても寂しいのよ〜〜っ！」

と、なかば冗談交じりに答えたんだけど、その瞬間の愛子の豹変ぶりときたら……。

「じゃあさ、今日は私が慰めてあげる！　ね、ねっ？」

と言うと、口に含んだビールをあたしに口移しで飲ませてきたんです。

「ん、んん……ぐぅ、うぅ、んぐぅ……んぐ、んぐっ……！」

問答無用で喉に注ぎ込まれ、あたしは慌てふためきながら、なんとか逃れようとしたんだけど、愛子にものすごい力で抱きかかえられ叶いませんでした。

ぷはぁっ、とようやく解放されたあたしに、愛子が言いました。

「あのね、私、前から沼尻さんのこと、いいなぁって思ってて……でも、女同士なんて、やっぱりそう簡単なことじゃないじゃない？　だからずっとガマンしてたんだけど、まさかこうやって相部屋になるなんて……なんか神様に背中を押されてる気がしちゃってさ。しかも、今カレシがいないんだったら、ね、今日だけ、いいじゃない？」

思わぬレズのカミングアウトと、一方的な告白でした。

でも、さすがにこんな急展開に、あたしはついていけず、

「い、いや……そんなこと言われても、あたし、ほら、ノーマルだから……」

と、身をよじらせて彼女の手から離れようとしたんだけど、

「ノーマル⁉　ええ、どうせ私はレズのアブノーマルよ！　ちくしょう、こうなったら、あなたも私と同じアブノーマルに引きずりこんでやる！」

と、余計にハートに火をつけちゃったみたいで、敷かれた布団の上にあたしを押し倒すと、全体重をかけてのしかかってきたんです。

たぶん、愛子の体重はあたしの一・五倍はあるはずで、あたしは体内に回ったアルコールの影響もあってか、完全に身動きできなくなってしまいました。

すると、愛子はあたしの浴衣の前をはだけて小ぶりの胸を剝き出しにすると、そこ

へ同じく剝き出しにした自分の、たぶんＧカップは下らない巨乳を押しつけ、ディープキスをしながら全身を妖しく蠢かせてきたんです。

その柔らかくも重量感たっぷりの乳房に包まれるように、小粒の乳首をグニュグニュ、ツプツプとつぶされこね回され、やたら熱い体温を感じていると、最初は困惑するだけだったあたしの肉体に、自分でも信じられない変化が起こってきました。

あ、れ……な、なにコレ、キモチいい……？

女同士でなんて、という抵抗感と嫌悪感が次第に薄れていき、代わってとっても柔らかだけど奥が深いような……今まで体験したことのない快感を覚えるようになってきたんです。

「あん、んあ、ああ……はぁう……」

「んはあっ、沼尻さん、好き、好きよ……」

あたしの反応の変化を感じ取ったかのように、愛子はディープキスをやめると、今度はあたしの胸を口で愛撫してきました。両手で乳房を揉みまさぐりながら、思いのほか長い舌をチロチロと蠢かせて乳首にからみつかせてきて……もうそのソフトタッチで細やかな快感ときたら、今まであたしがつきあってきた男たちの、武骨でアバウトなものとは大違いでした。

「ああっ……杉野さん、はあっ、な、なんかすごいのぉ……！」

「沼尻さん、いっぱい……いっぱい感じていいのよぉ！」

今や臆面もなく悶え喘いでいるあたしにそう言うと、愛子はさらに体を下げていき、浴衣の帯をほどいて前面を完全に剝き出しにすると、口で股間をまさぐってきました。

アソコに愛子の舌を感じた瞬間、えも言われず甘い痺れが全身を走り、ヌチャ、グチャ、ジュルゥと淫猥な音をたてながら舌が抜き差しされるたびに、あたしは炸裂するエクスタシーのほとばしりに翻弄されるままに、体をのけ反らせて叫んでしまっていました。

「あひっ！　いい、いい、いいのぉ〜〜〜っ！　あ、ああ〜〜！」

「ああ、おいしい……沼尻さんのおつゆ、甘くてとっても美味しいわぁ……んじゅる、じゅるじゅる、んじゅぷっ……」

「ひ、ひぃっ、くはぁぁあっ！」

気持ちよすぎて、もうわけわかりません。

と、次に愛子は思わぬ行動に出てきました。

両脚を交差させるようにして、自分の股間をあたしのアソコに食い込ませてきたんです。グニュニュ、ヌチャァ……という感じでお互いの女性器が接し、こすれ合い……それは淫靡で不気味な生き物が食い合っているようで、なんともグロテスクで……そしてとんでもなく気持ちいいものでした。

「ああっ、す、すご……はふっ、はあぁっ、こ、こんなのすごすぎるぅ……あ、ああ、杉野さん、あ、あたし……も、もう……っ！」

「ああ、沼尻さん、いっしょに……いっしょにイキましょう……ああっ！」

「あ、ああ、あああああ〜〜〜っ！」

　その後訪れたオーガズムは、そりゃもうすごいもので、あたし、思わず失神しちゃうところでした。

　こうして、生まれて初めて女同士の悦びを知り、そのすばらしさに目覚めてしまったあたしは、今では愛子とレズのセフレ関係にあります。

　まあ、この先、いつか普通に結婚するつもりではあるけど、今が楽しければそれでいいじゃないって感じ？

■私が苦痛に喘げば喘ぐほど興奮するようで、皮肉にもさらにいきり立ったペニスが……

束縛男に拉致監禁され肉奴隷となった禁断の一週間

投稿者 吉野理恵（仮名）／28歳／商社勤務

それは思い出すだに恐ろしい、でも、一度思い出してしまうと、否応もなくカラダの奥の女の芯の部分が疼いてしまう……そんな体験でした。

三年前のことです。

私は合コンで一人の男性と知り合いました。

名前を俊夫といって、私より二才年上の銀行員でした。

彼はなかなかのイケメンでしたし、いいところに勤めるエリートだということもあって、向こうのほうからつきあいを申し込まれた私は、二つ返事でＯＫしました。

休日に一緒に映画に行ったり、アミューズメントパークへ行ったり、おいしいゴハンを食べたりといった、ごく普通のデートを重ねた末、つきあい始めて二ヶ月後に男女の仲になりました。

ここで、年齢的にも結婚のことを意識しだすのが普通なのでしょうが、私はそういう気持ちにはどうしてもなれませんでした。それは、つきあっていくうちに彼が恐ろしいほどの束縛男だということを知ったからです。

会えない平日には一日二十回ほども電話をしてきて、同時にメールも日に三十通は下らず……、

『いま、なにしてるの？』

『なんで電話に出てくれないの？』

『他の男となれなれしくしゃべったりしたら許さないよ』

と、まるで四六時中監視されているような気分で、私はなんだか頭がおかしくなりそうになってしまって……とてもこんな相手とはつきあっていけないと、勇気を出して別れを切り出したんです。

すると、あれだけ私への執着を見せたにも拘わらず、彼は意外にもあっさりとそれを受け入れ、ただ、その条件として、

「別れる代わりに最後に一度だけ、僕の部屋で一緒に一晩過ごしてほしい」

と乞われ、それは了承してあげることにしました。

もちろん、大間違いでした。

最後のお勤め（？）にと、彼の一人暮らしのマンションの部屋を訪れた私は、乾杯

して飲まされたワインに一服盛られたのか、一瞬にして意識を失くしてしまい、目覚めたときはベッドの上で、素っ裸の大の字の格好で両手両足を四隅に縛りつけられ、完全に自由を奪われてしまっていたのです。

（やられた！）と思った私は、今すぐこの拘束を解かないと大声出すわよ、と精いっぱいの恫喝を試みたのですが、彼は平然とした顔で、

「無駄だよ。このマンション、もともとけっこう防音がしっかりしてる上に、おまえが寝てる間に天井・壁・床にさらにびっしり防音シートを張り巡らしたから、どれだけ叫ぼうが絶対に外には聞こえやしない。誰にも僕たちの邪魔はできないのさ」

と言い放ち、私はあまりの絶望で目の前が真っ暗になりました。

こうして、私の一週間に及ぶ拉致監禁……いえ、性の肉奴隷生活が始まったのです。

一日目、俊夫はとにかくヤリまくりました。

ペニスを私の口に押しつけてフェラチオを強要し、私がイヤイヤながらも精いっぱい、亀頭をねぶり回し、竿を舐め上げ、グイグイと喉奥までねじ込まれた全体をジュッポ、ジュッポと吸い立てて……ビンビンに勃起してきたところで、当然まだ全然濡れていないオマ〇コに突き立ててきます。

「ひぃっ……いっ、いたぁい！　ああっ……！」

私が苦痛に喘げば喘ぐほど興奮するようで、皮肉にもさらにいきり立ったペニスがグリグリと秘裂をえぐり立ててきます。

「ううっ……濡れてないと、こんなに締まるのな……いいぞぉ、ああ、もっと早くこうやって楽しんでおけばよかった！」

彼は鬼畜のようなヨガリ顔でそう言い、さんざんえぐり掘った挙句、途中でペニスが萎えてくると、再び私にフェラチオを要求し、硬く復活したところでまた挿入するという行為を何度も何度も繰り返しました。

私は内心、こんな最低男のやることに感じてなんかやるもんか！　と意地になったところもあり、この時点で快感を感じるようなことはありませんでした。

二日目、今度は彼はアプローチを変えてきました。

大小何種類ものバイブレーターを持ち出してくると、それを私に用いながらプレイを楽しみだしたんです。

相変わらず私にフェラを強要しながらも、今度は半透明のピンク色に淫靡に照り輝く全長二十センチほどのバイブを取り出し、それをヴィ～ン、ヴィ～ンと妖しく振動させながら私のオマ〇コに近づけ、グリグリといじり掘ってくるんです。

実は私、これがバイブプレイ初体験ということもあって、その未知の感触に他愛もなく感じてしまって……不本意ながら、腰をヒクヒクとわななかせつつ悶え喘いでしまいました。

「あふぅ、んぐ、んんんっ……んふぐぅ……！」

「おおう、なんだかマ〇コのバイブの振動が、こっちのチ〇ポまで伝わってくるみたい……きもちいいっ……」

　彼はうっとりとそう言いながらペニスを私の口内で硬くしていき、さすがの私もテンションが高まってしまって、一心不乱にしゃぶりまくっていました。

「うう、そうだ、いいぞ……もっと激しく……っ！」

　彼はさらにバイブをオマ〇コの奥までえぐり入れてきて、その初めて味わう、生身のペニスとは違うえも言われぬ異物感の衝撃に、私の腰の跳ね上げはさらに大きく、激しくなってしまいました。

「うおおっ、いいっ、サイコー、も、で……出るっ！」

　彼はそう呻くと、私の口内に大量の精液を注ぎ込みました。私はそれを飲み下しきれずに、ゴホゴホとむせてしまったほどです。

　三日目。

　初めてアナルセックスをさせられました。

浣腸を使って入念に腸の中をきれいにさせられたあと、これでもかというほどたっぷりのローションで潤滑状況を整えた上で、肛門に彼のペニスを迎え入れました。

最初、一瞬の圧迫感がありましたが想像ほどの痛みはなく、ニュルリと奥に滑り込んだ感覚があったかと思うと、あとは初体験の快感が胎内に沸き起こってきました。苦しいような、でも一方で蕩けるような……天国と地獄の間をフラフラと行き来するようなその魔性の時間の中、私はそれだけで絶頂に達してしまっていたのです。

「ああ、やっぱアナルはキツイな～……締まりすぎてあっという間にイッちゃったよ」

私の腸内を精液でドロドロに汚しながら、彼は言いました。

そして四日目、五日目、六日目とオナニー露出プレイや、ＳＭチックな被虐プレイ、はたまたそんなすべての淫らな振る舞いをてんこ盛りにしたセックスの相手をさせられたあと、とうとう最後の七日目を迎えました。

いや、別に最初から全七日と決まっていたわけではなく、私が家に帰らないことを心配して家族が手を尽くして捜索してくれた結果、この日の夜に警察が突入してきてようやく私は救出されたという次第なのですが、まるで最後を予感させるかのような展開となっていたのです。

俊夫はこれまでのようなアブノーマルなノリは封印し、ただひたすら私のことを真正面から抱き、愛してくれたのです。そのある意味真摯な行為は、まるでこの間の贖罪でもあるかのような雰囲気を感じさせました。

その後、当然彼は警察に捕まり有罪となり、会社もクビ、九州の実家のほうへと戻り、それからの消息は聞いていません。

でも、彼がその一週間で私の心身に刻んだ傷跡は、この先永遠に消えることはないでしょう。拉致束縛され、さまざまな淫乱プレイを強要された私は、もう普通の男女の関係では決して満足できない女にされてしまったのですから。

俊夫。

忌まわしくも、どうしようもなく愛おしい彼なのです。

■がんばって声は殺しているものの、お互いの密着部分が発する淫らな擦過音は隠せず……

会社のトイレで逢瀬を愉しむ淫らな貧乏不倫カップル！

投稿者　末松美奈代（仮名）／30歳／貿易会社勤務

私が勤めているのは、中近東の美術工芸品をメインに扱っている小さな貿易会社で、全社員は社長を含めて六人。場所は都心のそこそこいいところにあるのですが、会社が入っているのは九階建てのこじんまりとした古い雑居ビルで、お世辞にもきれいとはいえない建物です。

なので、トイレも各テナント会社ごとにあるわけもなく、各フロアに共同の設備が一箇所あるのみで、しかもスペースの関係上、二階は男子トイレ、三階は女子トイレ……というふうに交互に分かれた配置になっています。

うちの会社はその四階にあり、トイレの割り振りは男子。

そこで、イケナイお楽しみに耽っちゃってるっていうお話です。うふふ。

私は副社長兼営業部長のＴさん（四十一歳）とつきあっているのですが、実は私も彼も結婚していて、私は子供こそいませんが、Ｔさんは三人の子持ちだったりします。

まあいわゆるダブル不倫っていうやつですね。

狭い社内で毎日のように顔を突き合わせて仕事をしているうちに、いつの間にかお互いに惹かれ合うようになってしまって……と、まあお定まりのパターンで深い関係になってしまいました。

ただ、関係を持っていくにあたって、一つ大きな問題が。

何せ小さな会社で給料も決して多くはありません。要は二人とも貧乏なのです。いざエッチしたいと思っても、そう簡単にホテルなど使えるわけもなく、もちろん、お互いの自宅なんてもってのほか。二人とも車を持っていないというのも、なかなか困りものですが、なんといっても維持費がねー……。カーセックスという選択肢も私たちにはありません。

それでも何が何でもエッチしたい二人が辿り着いた苦肉の策が……、

『ビル内トイレ・エッチ』でした。

そう、もちろん、フロア内の他の会社の人たちも使う共同のトイレで、です。

あ、そんな引かないでくださいよ～！　だってしょうがないじゃないですか～、とにかくお金をかけずに、したいと思ったときにヤルとなったら、他に方法が思いつかなかったんですから。

私とTさんが使うのは、もっぱら自分たちの四階ではなく、五階か三階の女子トイレです。男子トイレだと個室が二つしかないけど、女子トイレなら三つあるので、そのほうがまだしも、他の方に迷惑がかからないかな、と。

昨日もやっちゃいました。

木曜の午後二時頃、ランチタイムも一段落つき、ビル内のどの会社も午後の仕事に向けてエンジンがかかり、廊下等の共有スペースにはほとんど人気がなくなったタイミング。私とTさんはそれぞれ何かと理由をつけて席を外し、おのおの五階の女子トイレを目指します。

そしてトイレ内に誰もいないのを見計らって、入って一番奥の個室に二人で滑り込み、しっかりと鍵をかけました。

さあ、時間はほとんどありません。十五分以上戻らないと、さすがに他の社員に怪しまれてしまうでしょう。

まず、私が便座のフタの上に腰を下ろし、その前にTさんが立ちはだかりました。私はせわしなくカチャカチャとTさんのズボンのベルトを外し、年甲斐もなく若いボクサーショーツをひざ元までずり下げると、目の前に現れたオチン○ンにしゃぶりつきました。Tさんのそれは、うちのダンナのに比べて長さはないのだけど、肉太でずっしりとした重量感を感じさせる逸物で、舐め応えタップリ！　私は大きく張り出した亀頭の笠部分に舌をねっとりとからませると、ニュロニュロと舐め回し、時折全体をジュッポリと口内に含んで、ジュルジュルル～と吸い上げてあげます。

「う、くぅ……んんんっ……」

そして、そんなTさんの喜悦の呻き声を頭上に聞いていると、私のほうも見る見る昂ぶってきちゃって……しゃぶりながら自分で服をはだけ、跳ね上げたブラの下から現れた乳房を両手で揉みしだき、自慰してしまいます。

「ふぐぅ、んんぐ、うぷぷぅ……」

口の中ではTさんのオチン○ンがパンパンに硬く膨張し、私は顎が外れんばかりの勢いで、さらに激しくしゃぶりまくります。

「あ、ああ、は……いい、いいよ、美奈代……最高にいい気持ちだ……あうぅ……」

Tさんの息遣いがますます荒々しくなったかと思うと、その手がいきなり私を摑んで立たせ、今度は逆に彼がフタの上に座り、私の下半身を剝き出しにしてアソコをオーラルで攻めてきました。

とっくに熱くぬめってしまっている肉裂の中にTさんの舌が入り込み、ヌチュヌチュ、クチュクチュとつつき、搔き回してきて……さらにどっと溢れてくる愛液とともにに、たまらない快感が胎内をせり上がってきました。

「はひ、ひぃ……くう、いい、いいのぉ……はぁん……！」

と、思わず喘ぎ声を大きくしてしまった、まさにそのときでした。トイレ入口のドアが開いて誰かが入ってくる気配がしたのは！

「……………！」

私とTさんは声を潜め、一瞬、体の動きを止めました。

そのままじっと息をひそめていると、入口一番手前の個室、私たちとは一つおいたところに入ったのがわかりました。

本当は彼女が用を足して出ていくのを待ちたいところですが、時計を見ると、ここに来てからすでに十分近くが経っています。もう悠長なことは言ってられません。

私とTさんは無言でアイコンタクトを交わすと、彼の上向いて勃起したオチン○ンの上に、私はそろそろと腰を下ろしていき、息をつめながらズブズブとアソコに呑み込んでいきました。

彼の太い肉棒で、ミチミチ、ニチュニチュと狭い肉洞を押し広げられ、私はそのカイカンまみれの圧迫感をじっくりと味わいながら、腰を上下動させていきました。すると、がんばって声は殺しているものの、ズチュ、グチュ、ヌチュ……という、お互いの密着部分が発する淫らな擦過音だけは隠しようもなく、まずいと思った私は慌ててトイレの水を流し、その音にまぎれさせようとしました。

と、次の瞬間、おもむろにクライマックスが迫ってきて、私はTさんの体にしがみつきながら、ビクビクとイキ果ててしまいました。少し遅れて、胎内で彼がズピュ、ピュッと射精したのがわかりました。

さあ、果たして、そのときの彼女に感づかれてしまったでしょうか？

まあ、もし感づかれたとしても、私たちがこのトイレ・エッチをやめることはないと思います。

だって、そのスリリングなハラハラ感がマジ興奮もので、ますます病みつきになっちゃいそうなんですもの！

■アソコの中の中太バイブが振動しつつ、ウネウネとその身をくねらせて肉襞を……

浮気のお仕置きに社内バイブ仕込み勤務の刑に処されて！

投稿者　柳田里紗（仮名）／25歳／製薬会社勤務

わたし、同じ営業部の涼太と密かにつきあってるんだけど、実はこの間ちょっと浮気ゴコロ起こして、開発部のＦくんとエッチしたことがバレちゃって……。

「このインラン女が！　俺一人が相手じゃ物足りないってゆーのかよ？　そんな腐れマ○コにはたっぷりとお仕置きしてやんなきゃな！」

……って、てっきり激怒して別れ話にでもなるかと思ったら、涼太ったら、なんだかちょっと嬉しそうですらあって……。

「いいか、おまえは明日一日、俺を裏切った贖罪の証に、これをつけて会社で仕事するんだ」

って言って、前の晩のエッチのあと、涼太がわたしに渡してきたのは、二個の小さなピンク色のローターと、細身のバイブと中太のバイブを一本ずつ。

「ええっ？　そ、そんなぁ……」

「問答無用！　明日、出社朝イチで俺がおまえのカラダに装着してやるから、きっちり持参してこいよ」

はいはい。

立場の弱いわたしは、もう言うとおりにするしかなかった。

翌朝の始業前、わたしと涼太はこっそり社内の車椅子の人も利用できる個室トイレに入り（こんなのがあるなんて、けっこうな大手企業だってバレちゃったかな？）、一日の準備（？）にとりかかった。

わたしは服を脱がされ、ブラを外されると、左右の乳首に例の小さなピンク色のローターを粘着テープで貼り付けられた。そして下半身も剝かれると、ちょっと涼太が指でいじくって湿り気を与えたアソコに中太バイブがねじ込まれ、ツバをつけた指でほぐされたアナルに細身バイブが挿入されて、それぞれが簡単には脱落しないように、やはり粘着テープでしっかりと固定されてしまって……。

それだけでなんだか全身に淫らな重量感を覚えてうろたえてるわたしに、涼太は、

「さあ、このスイッチ一つでおまえのカラダのエッチ器具のオン・オフ、強弱調整は俺の思いのままだ。ずーっと監視しながらいたぶってやるから、それに身悶えしながら今日一日しっかり反省するんだぞ」

って言って、ほんと、いやらしい笑みを浮かべたの。

午前九時、始業。

わたしは自分のデスクについて、パソコンとにらめっこしながら今日の商品の受注状況と在庫確認、納品スケジュールの調整などの業務を進めていった。

そしてかれこれ一時間近くが経って、つい自分の置かれた今日の状況について忘れかかってしまった頃、ついにソレが始まったの。

左右の乳首に固定されたピンクローターがヴヴヴ……と静かに振動し始め、それが徐々に強くなっていって。

わたしは乳首から乳房全体へと広がっていく、その妖しい感覚に思わず没入してしまって、危うくはしたない声をあげちゃうところだったわ。

（ううっ、ガマン、ガマン……ここをしのぐのよ、わたし！）

と自分を励ましたものの、続いて股間でも何かが始まった日には、もう……！

アソコの中の中太バイブが振動しつつ、ウネウネとその身をくねらせて肉襞を掻き回してきて！

（あ、ああ、ヤ、ヤバし……！）

わたしは必死で股間に力を入れて（逆効果？）、押し寄せる快感の波を抑えつけようとしたんだけど、涼太がさらに目盛りを上げたらしく、すべてがパワーアップ！　グオン、グオンという感じでバイブのうねりが大きく激しくなって、その刺激でもって、どっとお汁が噴き出してきちゃって……！

（ひゃあっ、くふぅ……う、ううん……）

マジもう声が喉元まで出かかっちゃってる。

ヤバイ！　感じすぎる！　このままじゃイッちゃう！

口が半開きになってヨダレを流さんばかりの表情になってた、まさにそのときだった、少し離れた席の課長に呼ばれたのは。

「あ、柳田さん、ちょっといいかな？」

「あ……あ？　は、はい……」

わたしは必死の思いで立ち上がると、乳首とアソコで大暴れしている快感いたずら小僧をなだめつつ、そろそろと課長のデスクへと向かったの。

「おや？　柳田さん、なんで汗かいてるの？　この部屋、暑い？　それともどこか具合でも悪いの？」

心配して聞いてくれる課長だったけど、もちろん、本当のことなんて言えない。

「あ、は……はい、大丈夫です。ご心配なく」

「そう?　ならいいけど」

課長はそう言って、仕事の指示を始めたんだけど、わたしの性感帯はグチャグチャで、もうどうにも頭に入ってきやしない!

チラと涼太のほうを窺うと、これ以上ないくらい嬉しそうな顔してこっちを見てる。

(んもう、この、オニ!　アクマ!)

その怨念が届いたのか、間もなくわたしのカラダを苛んでいた快感の波動は沈静化して、わたしは業務を進め、ようやくお昼休みを迎えることができた。

わたしはまた例のトイレに飛び込み、涼太にバイブ類を取り外してもらうと、溜まりに溜まった用を足し、なんとか人心地つくことができたの。で、ランチをとって、続いて午後の就業時間がやってきて。

すると、今度はさらにとんでもなかった。

午前の責めに加えて、ついにアナルへの刺客が本格参戦してきたんだもの!

もちろんわたし、それまでアナル関係のエッチなんかしたことなくて、耐性がないもんだから、ちょっとした刺激でもう大変なことに……。

便意まで催してきちゃったもんだから、それをガマンすることで、なんだかもうワケわかんない気持ちよさがグワワワッて襲いかかってきて!

わたし、もう最高にマズイ感じになって、全身をひくひくさせながらデスクに突っ伏すようにしてたら、その瞬間、目が合った涼太の表情が、もうマジ最悪で……。

次の瞬間、両乳首のピンクローターと、アソコとアナルのバイブがMAXパワーで攻撃してきて、わたし、なんとかお漏らししちゃうことだけはガマンしたけど、一瞬、完全に意識がとんでイキ果てちゃったの。

その後、さすがに涼太もおとなしくなって、終業までジャブのような攻撃を仕掛けてくるにとどまったけど、まあ、はっきり言って仕事にならなかったわね。

でも、そんなお仕置きをなんとかしのいで、その日の夜、会社近くのホテルで涼太に抱かれた本番エッチは、もう最高だったわ。一日かけての全力前戯で性感が高まりまくってたんでしょうね。

こんな気持ちいい思いができるんなら、また浮気して、涼太のこと怒らせちゃおうかしら？

■コーチの指が練習用ブルマの裾をこじ開けて、股間に忍び込んでくるのを感じて……

私のプレーを一皮むけさせてくれたコーチの淫ら秘密特訓

投稿者　三田村ゆうい（仮名）／24歳／スポーツ用品メーカー勤務

私は小学校三年生の頃からずっとバレーボールをやっていて、体育大に進学してからは、日本代表候補に選ばれるまでにがんばっていました（まあ、結局代表にはなれませんでしたが）。

そんなわけで、卒業後はやっぱり大好きなスポーツに関わる仕事がしたいと思い、今のところに就職したんです。また、ここには女子バレー部があって、実業団リーグで二部ながら、社としてもそれなりに力を入れているということもあり、もちろん入社後すぐに入部しました。

そう、実は私、まだ日本代表になることをあきらめてなかったりして。根気強くがんばってたら、そのうちひょっとして……なんて思ってたりもするんです。

ただ、そんな私にとって一つ大きな悩みがありました。

私、自分で言うのもちょっと恥ずかしいんですが、ずっと顔が可愛いって言われ続けてて、中学校の頃はファンクラブまであったくらいなんですが、それに加えて高校生になると、その、体のほうもすごく発育しちゃって……十七歳ですでにGカップにまで育っちゃって。

そうなると、周囲の扱いは今度は『美しすぎる巨乳バレー選手』的なものに変わって、中学の頃までのような単なるアイドル扱いを超えて、なんだかいつも〝視姦〟されているような……言い忘れてましたが私、身長が一七八センチあるんですが、そのGカップの胸を激しく揺らしながら豪快にアタックする様がユー〇ューブなんかにも頻繁に流れたりして（しかもそこだけスローモーションになるみたいな演出入りで！）、これが世のたくさんの男性たちの欲望に満ちた目にさらされてるかと思うと、どうにもいたたまれない気持ちにさせられるようになってしまったんです。一時期はさらしを巻いて無理やり胸をつぶしてプレーしたこともあったくらいですが、さすがに窮屈で支障を感じてあきらめました。

そんなわけで、私は常に男性からのよこしまな視線を意識するようになり、純粋にプレーに打ち込むことができなくなってしまったんです。でも、だからといってやっぱり大好きなバレーボールをやめることはできず、私は密かにそんな葛藤を抱えながら現在に至っていたというわけです。

　でも、三ヶ月前にやってきた新しい男性コーチによって、状況は急変しました。

　彼は三十三歳で、やはり昔、私と同じように日本代表候補に選ばれたことのある有望選手だったというキャリアがあり、さすがに今は現役を引退していますが、一八九センチの長身に引き締まった体躯という、当時を彷彿とさせる肉体を維持していて、私たち選手顔負けの体力と情熱でもって指導をしてくれる人でした。

　そんなコーチにある日の練習後、体育館に一人居残るよう言われたんです。

　初めてのことだったのでちょっと怪訝に思いましたが、もちろん従わざるを得ません。

　誰もいなくなった中、まだ汗まみれの体をタオルで拭きながらクールダウンさせていると、コーチが入口から入ってきました。

「あ、お疲れさまです」

「ああ」

　私の挨拶に言葉少なに応えたコーチでしたが、体育館隅にある見学用パイプ椅子のところに私をつれていくと、そこに座るよう指示しました。

　そして言ったんです。

「きみのプレーを初めて見たときから、もうずっと、いつか言わなきゃと思ってたたんだけど……きみ、すごい才能を持ってるのに、そのポテンシャルの半分も発揮できてないね」

「え……！」

確かに自分では、例の葛藤もあって全力で体を動かせていないという意識はありましたが、それを人から言われたことはないし、ましてや半分も実力を出せてないなんて指摘を受けるとは……正直、ショックでした。

でも、ショックと同時に嬉しくもありました。

ああ、私を選手として成長させてくれる本物の指導者に、やっと出会うことができたのかもしれないって。

そこで私はこれまでの悩みや葛藤のすべてをコーチに打ち明けました。

自分の肉体がよこしまな視線にさらされているかと思うと、もうどうにも萎縮してしまって、納得できるプレーができなかったこと。でも、そんな自意識過剰ともとれるようなこと、恥ずかしくて誰にも言えなかったこと……。

黙って聞いていたコーチでしたが、私が思いの丈をすべて語り終わったあと、驚きの一言を発したんです。

「今ここで、俺とセックスしよう」

「は……はあ？」

一瞬、何を言われたのかわかりませんでしたが、もう一度同じことを言われ、コーチが本気なのだということを知りました。

「そのくだらない自意識と羞恥心を捨てないと、きみは一生、一流のプレーヤーにはなれない。そのためには今のバレー選手としての格好のままでセックスをするしかない。そしてその見えない限界を突破するんだ！」

コーチが椅子から立ち上がり、私にずいっと迫ってきました。

私はそのまま床に押し倒され、コーチにのしかかられました。

まだ汗で体にベッタリと張りついているユニフォーム姿の私を、コーチが抱きしめてきました。中に着けたスポーツブラごと、大きな手がグイグイと胸を摑み、ニチュニチュと汗で湿った音をたてながら揉み込んできます。

「ああ……コーチ、ほんとうに……ほんとうにこうやってセックスすれば、私、もっとバレーが上手くなれるんでしょうか？」

「もちろん、コーチ生命をかけて約束するよ」

私は大きな安心感と全幅の信頼感のもと、コーチの手に身をゆだねました。

ユニフォームが胸上までめくり上げられ、スポーツブラが外されました。露わになった乳房は、仰向けに寝そべっていてもほとんど横にダレ流れず丸い膨らみを保っていて、その先端の乳首をコーチがチュウチュウ、チュパチュパと吸ってきました。

「あ、ああ……そんな、汗まみれで汚れてるのに……っ、んんっ……」

「んん……大丈夫。少ししょっぱいけど、それがまた美味しい……うぷっ」

コーチはそんなことを言いながら、乳首から乳房全体へと舌と唇の駆動領域を拡大させていき、ムニュムニュ、ニチュニチュと汗で湿った乳房をさんざん揉み回しつつ、さらに舐め、吸ってきました。

「んあっ、はぁっ……ああ、あん、はあぁ……」

私はもうかなり乱れ、悶えながら、今度はコーチの指が練習用ブルマの裾をこじ開けて、股間に忍び込んでくるのを感じていました。もちろん、ブルマもその下に穿いたパンティだって、まだ汗でグチョグチョです。でも、コーチはそんなことおかまいなしに、私のアソコをとらえると指を差し入れてグチュグチュと掻き回してきました。股間はもう私の汗やら愛液やらで恥ずかしいくらいにドロドロです。

ふと見ると、コーチが自分のジャージ下を脱ぎ捨て、立派なペニスを露わにいきり立たせていました。

「あ、ああ……そ、そんな大きいの……！」

あまり男性経験のない私は一瞬畏怖しましたが、ブルマを脱がせないままにその脇からコーチがペニスをねじ込むように挿入してきても、ほとんど痛みを感じることはなく、ズリュズリュと奥まで呑み込んでいきました。

「あっ、ああ、あ……はぁっ……！」

コーチの腰のピストンはアスリートらしくパワフルでリズミカルで、私もそれに応えるように全身を跳ね上げながら受け入れ、感じまくってしまいました。

「うっ、くぅ……さあ、そろそろ出すよ……」

コーチはそう言い、次の瞬間、私は思いっきり絶頂に達しつつ、寸でのところで抜き取られたペニスがお腹の上にビュッ、ビュッと白い液体をまき散らす様を、呆然と見つめていたのでした。

この日を境に、本当に私のプレーは変わったと評判です。

一皮むけたというか、思い切りがよくなったというか……。

このままがんばれば、マジで日本代表の線もあるかも？　そう思わせてくれるようになったコーチに、感謝の言葉もないのです。

素人手記
OLたちの夜の副業解禁～みだらなアフター5

2018年10月29日　初版第一刷発行

発行人　後藤明信
発行所　株式会社　竹書房
〒102-0072　東京都千代田区飯田橋2-7-3
電話　03-3264-1576（代表）
03-3234-6301（編集）
ホームページ：http://www.takeshobo.co.jp
印刷所　中央精版印刷株式会社
デザイン　株式会社　明昌堂

定価はカバーに表示してあります。
乱丁・落丁の場合は小社までお問い合わせください。
ISBN 978-4-8019-1648-7 C0193
Printed in Japan

※本書に登場する人名・地名等はすべて架空のものです。